有料 / 有趣 / 有爱

静待时光，温暖相伴，安然成

雨幕深处的呼喊

一路开花 / 编

线装书局

图书在版编目(CIP)数据

雨幕深处的呼喊 / 一路开花编. — 北京 : 线装书局, 2021.3

ISBN 978-7-5120-4100-4

Ⅰ. ①雨… Ⅱ. ①一… Ⅲ. ①杂文集 — 中国 — 当代 Ⅳ. ①I267.1

中国版本图书馆 CIP 数据核字(2020)第 162441 号

雨幕深处的呼喊

编　　者: 一路开花
责任编辑: 曹胜利　王　石
出版发行: 线装書局
地　址:北京市丰台区方庄日月天地大厦 B 座 17 层(100078)
电　话:010-58077126(发行部)　010-58076938(总编室)
网　址:www.zgxzsj.com
经　　销: 新华书店
印　　刷: 唐山富达印务有限公司
开　　本: 650mm×910mm　1/16
印　　张: 12
字　　数: 137 千字
版　　次: 2021 年 3 月第 1 版第 1 次印刷
印　　数: 00001—10000 册

线装书局官方微信

定　　价: 49.80 元

在阅读中优雅老去

二十岁时，第一次去凤凰，不为古镇美景，只为能与偶居夺翠楼的黄永玉先生见上一面。

时逢雨季，沱江奔啸，烟波微茫信难求。苦待数日，仍没能等到想见之人。

在清冷的雨丝中独自徘徊，满心失落。无意走进一家书店，里面尽是沈从文先生的文本作品。无处可去，只好在僻幽的角落里翻阅旧籍。而后，一发不可收。

回程当日，总觉有重要东西遗落城中，寻思许久，才跑去那条巷子的书店里买了本周身泛黄的《边城》。这本有着深蓝小印戳的《边城》，至今仍安躺于我的书柜里——它不仅使我在未果的行程中找到些许补偿，更让我在之后的时光无比怀念二十岁的自己。

再后来，兴许命里所定，真与书结下了不解之缘。不但自己看书写书，更领着诸多热爱文学的人走上了自己想走的路。

我经常跟学生们说，阅读是写作的命脉，只有不断阅读，才能保持创作角度的新颖和思维的敏捷。然而，阅读所赐予的，又何止是这些？

不管在何时何地，只要手中捧着一本书，心里便会觉得安然。书不但能排遣无聊的寂寞，将岁月的伤痛逐一缝补，还能把心灵淬炼成一块玲珑美玉。

一个爱书之人，必是睿智且沉稳的。遇事不惊，处之泰然。古人所说的“腹有诗书气自华”，便是这意思。

生命本就是一次有限的跋涉。一个经常看书和一个经常沉迷在网游世界的人，心灵绝对是不一样的。前者，往往更能体悟一叶一菩提的真谛。

书本所给予心灵的力量，是不可言喻的。十年寒窗，说的并不是读书人的艰辛，而是意在表述读书人的坚忍和不懈。试问，有多少人可以在寒窗下十年如一日地重复做同一件事情？

正如北大教授曹文轩所说一般，世间最优雅的姿态，就是阅读。不论静坐还是倾卧，甚至在厕所里，它都是最美的姿态。因为这样的人，通常都会从骨子里散发出一种极具亲和力的书卷气。

阅读人物，通晓历史，可以他人鉴知自己得失；阅读杂文，百味世事，可在辛言辣语中澡雪精神；阅读情感，温热肺腑，可居书香浓情里滋养心灵；阅读故事，体会人生，可于静谧岁月中倾情流泪……

每一种书，都是风景；每一本书，都是亟待窥破的秘密。

宋朝诗人黄山谷有一句名言："三日不读书，便觉语言无味，面目可憎。"这其中说的，就是每日读书的重要性。

本系列图书，所遵循的就是这个简单的理论。通过遴选当下不同类型的精华文章，给读者送去不同的心灵养分——成长卷让你懂得如何珍惜青春，成功卷让你明白如何把握自己的人生，真情卷让你寻回本真的感动，感悟卷让你看到世界别样的美好……

为了能找到年度最精华的文章，为了给读者省去寻找的烦琐，我们几乎把本年度的期刊翻了个遍，邀请了24位最受中学生喜爱的作家，目的就是去其糟粕，取其精华。

这些作家的名字，不仅经常出现在全国各大刊物，还经常出现在各省市的中高考语文阅读理解试题中——我们的宗旨只有一个，就是为这个时代的读者，奉献好书。

但愿我们可以放慢匆乱的步伐，一起在欢愉的阅读中，优雅老去。

一路开花

2018年12月书于云南曲靖

目录

第一辑　在西安看的戏

第二辑　我的信仰

第三辑　那座山，虎啸龙吟

第四辑　点一盏灯

第五辑　一件旧毛衣

第六辑　雨幕深处的呼喊

第一辑

在西安看的戏

西安的戏院可以说属于旧形式。长方形，直里比横里长。长条椅一排排地正摆，挤得比较紧。两旁边栏杆以外也容纳观众，那是偏着身子站着看的，票价特别便宜。房屋不怎么讲究，有几座用席顶棚。易俗社舞台沿的上方仿敦煌壁画画两个大型的飞天，回身凌空，彩带飘拂，比随便画些图案好看多了。用飞天作舞台的装饰，在别处还没见过。

爱的实现

◎ 冰　心

诗人静伯到这里来消夏，已经是好几次了。这起伏不断的远山，和澄蓝的海水，是最幽雅不过的。他每年的夏日会带一年积蓄的资料来，在此完成他的杰作。

现在他所要开始著作的一篇长文，题目是《爱的实现》。

他每日早起，坐在藤萝垂拂的廊子上，握着笔，伸着纸。浓荫之下，不时地有嗡嗡的蜜蜂，和花瓣，落到纸上，他从沉思里微笑着用笔尖挑开去。矮墙外起伏不定的漾着微波。骄阳下的蝉声，一阵阵地叫着。这些声音，都缓缓地引出他的思潮，催他慢慢地往下写。

沙地上索索的脚步声音，无意中使他抬起头来。只见矮墙边一堆浓黑的头发，系着粉红色的绫结儿，走着跳着就过去了。后面跟着的却只听见笑声，看不见人影。

他又低下头，去写他的字，笔尖儿移动得很快。他似乎觉得思想加倍的活泼，文字也加倍的有力，能以表现出自己心里无限的爱的意思——

一段写完了，还只管沉默的微笑地想。——海波中，微风里，漾着隐现的浓黑的发儿，欢笑的人影。

金色的夕阳，照得山头一片的深紫，沙上却仍盖着矗立的山影。潮水下去了，石子还是润明的。诗人从屋里出来，拂了拂桌子，又要做他下午的功课。

笑声又来了，诗人拿着笔站了起来。墙外走着两个孩子；那女孩子挽着她弟弟的头儿，两个人的头发和腮颊，一般的浓黑绯红，笑窝儿也一般的深浅。脚步细碎地走着。走得远了，还看得见那女孩子雪白的臂儿，和她弟弟背在颈后的帽子，从白石道上斜刺里穿到树荫中去了。

诗人又坐下，很轻快地写下去，他写了一段笔歌墨舞的《爱的实现》。

晚风里，天色模糊了。诗人卷起纸来，走下廊子，站在墙儿外。沙上还留着余热。石道尽处的树荫中，似乎还隐现着雪白的臂儿和飘扬的帽带。

他天天清早和黄昏，必要看见这两个孩子。他们走到这里，也不停留，只跳着走着地过去。诗人也不叫唤他，只寂默地望着他们，来了，过去了，再低下头去，蕴含着无限的活泼欢欣，去写他的《爱的实现》。

时候将到了，他就不知不觉地倾耳等候那细碎的足音，活泼的笑声。从偶然到了愿望——热烈的愿望。

四五天过去了，他觉得若没有这两个孩子，他的文思便迟滞了，有时竟写不下去。

他们是海潮般的进退。有恒的，按时的，在他们不知不觉之中，指引了这作家的思路。

这篇著作要脱稿了，只剩下末尾的一段收束。

早晨是微阴的天，阳光从云隙里漏将出来。他今天不想写了，只坐在廊下休息。渐渐地天又开了。两个孩子举着伞，从墙外过去。

傍晚忽然黑云堆积起来，风起了。一闪一闪的电光穿透浓云。接着雷声隆隆的在空中鼓荡。海波儿小山般彼此推拥着，白沫儿乎侵到阑边来。他便进到屋里去，关上门，捻亮了灯。无聊中打开了稿纸，从头看了看，便坐下，要在今晚完成这篇《爱的实现》。——一刹那顷忽然想起了那两个活泼玲珑的孩子。

他站起来了，皱着眉在屋里走来走去。又扶着椅背站着，“早晨他们是过去了，难道这风雨的晚上，还看得见他们回来么？他们和《爱的实现》有什么……难道终竟写不下去？”他转过去，果决地坐下，伸好了纸，拿起笔来——他只有笔微微地敲着墨盒出神。

窗外的雨声，越发的大了，檐上好似走马一般。雨珠儿繁杂地打着窗上的玻璃，风吹着湿透的树枝儿，带着密叶，横扫廊外的阑干，簌簌乱响。他迟疑着看一看表，时候还没有到，他觉得似乎还有一线的希望。便站起来，披上雨衣，开了门，走将出去。

雨点迎面打来，风脚迎面吹来，门也关不上了。他低下头，便走入风雨里，湿软的泥泞，没过了他的脚面，他一直走去，靠着墙儿站着。从沉黑中望着他们的去路。风是冷的，雨是凉的，然而他心中热烈的愿望，竟能抵抗一切，使他坚凝的立在风雨之下。

一匝的大雨过去了，树儿也稳定了。那电光还不住的在漆黑的天空中，画出光明的符咒，一闪一闪地映得树叶儿上新绿照眼。——忽然听得后面笑声来了，回过头来，电光里，矮矮的一团黑影，转过墙隅来。再看时又隐过去了。他依旧背着风站着。

第二匝大雨来了，他手足淋得冰冷，不能再等候了，只得绕进墙儿，跳上台阶来，拭干了脸上的水珠儿。——只见自己的门开着，门外张着一把湿透的伞。

往里看时，灯光之下，书桌对面的摇椅上，睡着两个梦里微笑的孩子。女孩儿雪白的左臂，垂在椅外，右臂却做了弟弟的枕头，散拂的发儿，也罩在弟弟的脸上，绫花已经落在椅边。她弟弟斜靠着她的肩，短衣上露出肥白的小腿。在这惊风暴雨的声中，安稳的睡着。屋里一切如故。只是桌上那一卷稿纸，却被风吹得散乱着落在地下。

他迷惘失神里，一声儿不响。脱下了雨衣，擦了擦鞋，蹑着脚走进来。拾起地上的稿纸，卷着握在手里，背着臂儿，凝注着这两个梦里微笑的孩子。

这时他思潮重复奔涌，略不迟疑地回到桌上，捡出最后的那一张纸来，笔不停挥地写下去。

雨声又渐渐地住了，灯影下两个孩子欠伸着醒了过来。满屋的书，一个写字的人，怎么到这里来了？避着雨怎样就睡着了？惺忪的星眼对看着怔了一会，慢慢地下了椅子，走出门外。拿起伞来从滴沥的雨声中，并肩走了。

外边却是泥泞黑暗，凉气逼人。——诗人看着他们自来自去，却依旧一声儿不响。只无意识地在已经完成的稿子后面，纵横着写了无数的《爱的实现》。

敌与友

◎ 老 舍

不要说张村与李村的狗不能见面而无伤亡，就是张村与李村的猫，据说，都绝对不能同在一条房脊上走来走去。张村与李村的人们，用不着说，当然比他们的猫狗会有更多的成见与仇怨。

两村中间隔着一条小河，与一带潮湿发臭，连草也长不成样子的地。两村的儿童到河里洗澡，或到苇叶里捉小鸟，必须经过这带恶泥滩。在大雨后，这是危险的事：有时候，泥洼会像吸铁石似的把小孩子的腿吸住，一直到把全身吸了下去，才算完成了一件很美满的事似的。但是，两村儿童的更大的危险倒是隔着河，来的砖头。泥滩并不永远险恶，砖头却永远活跃而无情。况且，在砖头战以后，必然跟着一场交手战；两村的儿童在这种时候是决不能后退的；打死或受伤都是光荣的；后退，退到家中，便没有什么再得到饭吃的希望。他们的父母不养活不敢过河去拼命的儿女。

大概自有史以来，张村与李村之间就没有过和平，那条河或者可以作证。就是那条河都被两村人闹得忘了自己是什么：假若张村的人高兴管它叫作小明河,李村的人便马上呼它为大黑口,甚至于黑水湖。为表示抵抗,两村人是不惜牺牲了真理的。张村的太阳若是东边出来,那就一定可以断定李村的朝阳是在西边。

在最太平的年月,张村与李村也没法不稍微露出一点和平的气象,而少打几场架;不过这太勉强,太不自然,所以及至打起来的时候,死伤的人就特别的多。打架次数少,而一打便多死人,这两村才能在太平年月维持在斗争的精神与世仇的延续。在兵荒马乱的年代,那就用不着说,两村的人自会把小河的两岸做成时代的象征。假若张村去打土匪,李村就会兜后路,把张村的英雄打得落花流水。张村自然也会照样的回敬。毒辣无情的报复,使两村的人感到兴奋与狂悦。在最没办法与机会的时候,两村的老太婆们会烧香祷告:愿菩萨给河那边天花瘟疫或干脆叫那边地震。

死伤与官司——永远打不完的官司——叫张李两村衰落贫困。那条小河因壅塞而越来越浑浊窄小,两村也随着越来越破烂或越衰败。可是两村的人,只要能敷衍着饿不死,就依然彼此找毛病。两村对赛年会,对台唱谢神戏,赛放花炮,丧事对放焰口,喜事比赛酒席……这些豪放争气,而比赛不过就以武力相见的事,都已成为过去的了。现在,两村除了打群架时还有些生气,在停战的期间连狗都懒得叫一叫。瓦屋变为土房,草棚变为一块灰土,从河岸上往左右看,只是破烂灰暗的那么两片,上面有几条细弱的炊烟。

穷困遇着他们不能老在家里做英雄,打架并不给他们带来饭食,饿急了,他们想到职业与出路,很自然的,两村的青年便去当兵;豁得出命去就有饭吃,而豁命是他们自幼习惯了的事。入了军队,积下哪怕是二十来块钱呢,他们便回到家来,好像私斗是更光荣的事,而生命唯一的使命是向河对岸的村子攻击。在军队中得到的训练只能使两村的战争更激烈残酷。

两村的村长是最激烈的，不然也就没法做村长。张村村长的二儿子——张荣——已在军队生活过了三年，还没回来过一次。这很使张村长伤心，怨他的儿子只顾吃饷，而忘了攻击李村的神圣责任。其实呢，张荣倒未必忘记这种天职，而是因为自己做了大排长，不愿前功尽弃的随便请长假。村长慢慢地也就在无可如何之中想出主意，时常对村众声明："二小子不久就会回来的。可是即使一时回不来，我们到底也还压着李村一头。张荣，我的二小子，是大排长。李村里出去那么多坏蛋，可有一个当排长的？我真愿意李村的坏蛋们都在张荣，我的二小子，手下当差，每天不打不打也得打他们每人二十军棍！二十军棍！"不久这套话便被全村的人记熟："打他二十"渐渐成为挑战时的口号，连小孩往河那边扔砖头的时候都知道喊一声：打他二十。

李村的确没有一个做排长的。一般的来说，这并无可耻。可是，为针对着张村村长的宣言而设想，全村的人便坐卧不安了，最难过的自然是村长。为这个，李村村长打发自己的小儿子李全去投军："小子，你去当兵！长志气，限你半年，就得升了排长！再往上升，一直升到营长！听明白了没有？"李全入了伍，与其说是为当兵，还不如说为去候补排长。可是半年过去了，又等了半年，排长的资格始终没有往他身上落。他没脸回家。这事早被张村听了去，于是"打他二十"的口号随时刮到河这边来，使李村的人没法不加紧备战。

真正的战争来到了，两村的人一点也不感到关切，打日本与他们有什么关系呢。说真的，要不是几个学生来讲演过两次，他们就连中日战争这回事也不晓得。由学生口中，他们知道了这个战事，和日本军人如何残暴。他们很恨日本鬼子,也不怕去为打日本鬼子而丧了命。可是,这得有个先决的问题:张村的民意以为在打日本鬼子以前,须先灭了李村;李村的民意以为须先杀尽了张村的仇敌,而后再去抗日。他们双方都问过那些学生,是否可以这么办。学生们告诉他们应当联合起来去打日本。他们不能明白这是什么意思,只能以学生不了解两村的历史而没有把砖头砍在学生们的头上。他们对打日本这个问题也就不再考虑什么。

战事越来越近了,两村还没感到什么不安。他们只盼望日本打到,而把对岸的村子打平。假若日本人能替他们消灭了世仇的邻村,他们想,虽然他们未必就去帮助日本人,可也不必拦阻日军的进行,或给日军以什么不方便,不幸而日本人来打他们自己的村子呢,那就是另一回事了。但是他们直觉得以为日本人必不能不这办,而先遭殃的必定是邻村,除了这些希冀与思索,他们没有什么一点准备。

逃难的男女穿过村渡过河去,两村的人知道了一些战事的实况,也就深恨残暴的日本。可是,一想到邻村,他们便又痛快了一些:哼!那边的人准得遭殃,无疑的!至于邻村遭殃,他们自己又怎能平安地过去,他们故意地加以忽略。反正他们的仇人必会先完,那就无须去想别的了,这是他们的逻辑。好一些日子,他们没再开打,因为准知道日本不久就会替他们消灭仇人,何必自己去动手呢。

两村的村长都拿出最高的智慧,想怎样招待日本兵。这并非是说他们愿意做汉奸,或是怕死。他们很恨日本。不过,为使邻村受苦,他们不能不敷衍日本鬼子,告诉鬼子先去打河那边。等仇人灭净,他们再翻脸打日本人,也还不迟。这样的智慧使两位年高有德的村长都派出侦探,打听日本鬼子到了何处,和由哪条道路前进,以便把他们迎进村来，好按着他们的愿望开枪——向河岸那边开枪。

世界上确是有奇事的。侦探回来报告张村长：张荣回来了，还离村有五里多地。可是，可是，他搀着李全，走得很慢！侦探准知道村长要说什么，所以赶紧补充上：我并没发昏，我揉了几次眼睛，千真万确是他们两个！

李村长也得到同样的报告。

既然是奇事，就不是通常的办法所能解决的。两村长最初想到的是把两个认敌为友的坏蛋，一齐打死。可是这太不上算。据张村长想，错过必在李全身上，怎能把张荣的命饶在里面？在李村长的心中，事实必定恰好调一个过儿，自然不能无缘无故杀了自己的小儿子。怎么办呢？假如允许他俩在村头分手，各自回家，自然是个办法。可是两村的人该怎么想呢？呕，村长的儿子可以随便，那么以后谁还肯去作战呢？再一说，万一李全进了张村，或张荣进了李村，又当怎办？太难办了！这两个家伙是破坏了最可宝贵的传统，设若马上没有适当的处置，或者不久两村的人还可以联婚呢！两村长的智慧简直一点也没有用了！

第二次报告来到：他们俩坐在了张村外的大杨树下面。两村长的心中像刀剜着一样。那株杨树是神圣的，在树的五十步以内谁也不准打架用武。在因收庄稼而暂停战争的时候，杨树上总会悬起一面破白旗的。现在他俩在杨树下，谁也没法子惩治他俩。两村长不能到那里去认逆子，即使他俩饿死在那里。

第三次报告：李全躺在树下，似乎是昏迷不醒了；张荣还坐着，脸上身上都是血。

英雄的心是铁的，可是铁也有发热的时候。两村长撑不住了，对大家声明要去看看那俩坏蛋是怎回事，绝对不是去认儿子，他们情愿没有这样的儿子。

他们不愿走到杨树底下去，那不英雄。手里也不拿武器，村长不能失了身份。他们也不召集村人来保护他们，虽然明知只身前去是危险的。两个老头子不约而同来到杨树附近，谁也没有看谁，以免污了眼睛，对不起祖先。

可是，村人跟来不少，全带着家伙。村长不怕危险，大家可不能大意。再说，不来看看这种奇事，死了也冤枉。

张村长看二儿子满身是血，并没心软，流血是英雄们的事。他倒急于要听二小子说些什么。

张荣看见父亲，想立起来，可是挣扎了几下，依然坐下去。他是个高个子，虽然是坐着，也还一眼便看得出来。脑袋七棱八瓣的，眉眼都像随便在块石头上刻成的，在难看之中显出威严硬棒。这大汉不晓得怎好的叫了一声“爹”，而后迟疑了一会儿用同样的声音叫了声“李大叔”！

李村长没答声，可是往前走了两步，大概要去看看昏倒在地的李全。张村长的胡子嘴动了动，眼里冒出火来，他觉得这声“李大叔”极刺耳。

张荣看着父亲，毫不羞愧地说：“李全救了我的命，我又救了他的命。日本鬼子就在后边呢，我可不知道他们到这里来，还是往南渡过马家桥去。我把李全拖了回来，他的性命也许……反正我愿把他交到家里来。在他昏过去以前，他嘱咐我：咱们两村子得把仇恨解开，现在我们两村子的，全省的，全国的仇人是日本。在前线，他和我成了顶好的朋友。我们还有许多朋友，从广东来的，四川来的，陕西来的……都是朋友。凡是打日本人的就是朋友。咱们两村要还闹下去，我指着这将死去的李全说，便不能再算中国的人。日本鬼子要是来到，张村李村要完全完，要存全存。爹！李大叔！你们说句话吧！咱们彼此那点仇，一句话就可以了结。为私仇而不去打日本，咱们的祖坟就都保不住了！我已受了三处伤，可是我只求大家给我洗一洗，裹一裹，就马上找军队去。设若不为拖回李全，我是决不会回来的。你们二位老人要是还不肯放下仇恨，我也就不必回营了。我在前面打日本，你们家里自己打自己，有什么用呢？我这儿还有个手枪，我会打死自己！”

二位村长低下了头去。

李全动了动。李村长跑了过去。李全睁开了眼，看明是父亲，他的嘴唇张了几张：“我完了！你们，去打吧！打，日本！”

张村长也跑了过来，豆大的泪珠落在李全的脸上。而后拍了拍李村长的肩：“咱们是朋友了！”

在西安看的戏

◎ 叶圣陶

西安的戏院可以说属于旧形式。长方形，直里比横里长。长条椅一排排地正摆，挤得比较紧。两旁边栏杆以外也容纳观众，那是偏着身子站着看的，票价特别便宜。房屋不怎么讲究，有几座用席顶棚。易俗社舞台沿的上方仿敦煌壁画画两个大型的飞天，回身凌空，彩带飘拂，比随便画些图案好看多了。用飞天作舞台的装饰，在别处还没见过。

听说一九五四年要修一座戏院，当然是新式的，设计的时候一定会考虑到怎样让买便宜票的也有座位。

在易俗社看两回秦腔，一回是整本戏《游龟山》，一回是六个单出戏。戏都演得认真，排在前头的单出戏也没有从前戏院的习气，有气没力，敷敷衍衍，只顾陪着观众消磨时间。演员的地位和认识提高了固然有关系，另外的原因恐怕是观众老早到齐，一开场就坐得满满的，不像以前有些人那样直到末了儿一两出上场的时候才来，表示他们除了头牌的名角而外不屑一顾。既然有那么些人要看，而且是真心诚意地要看，就是戏排在前头，又怎么能草草了事？

小时候听秦腔，现在光记得贾碧云的《阴阳河》和《爽红梅阁》。贾碧云是京剧角色，带唱秦腔，当时很有些声名。只觉得那声音高亢极了，刺耳的胡琴和梆子之外就只是那么咿咿呀呀的，越顿越高，越顿越高，完全听不清唱些什么。不知道什么缘故，现在听秦腔不觉得那么高亢了，胡琴和梆子也不刺耳，演员唱得好，口齿清楚，我可以听懂七八成，唱得差的，也有三四成。

没有戏单，挂在两旁的黑板上写着白粉字——戏名和演员名，因而很难记住谁扮演谁。我光记住了一位女演员的名字，孟遏云，因为近旁的观众都在轻声屏气地说这个名字，她的演唱特别引人注意，还有我左手边一位老太太带着叹息的调子说她今晚来看戏就为看这个孟遏云。

外行人不能说内行话，况且唱歌是声音的事情，用语言来描摹很难见效，往往描摹了一大堆，人家还是捉摸不到什么，我也不预备描摹了。我只觉得孟遏云的声音有天分又有训练，训练达到了极端纯熟的境界，能够自由操纵，从心所欲，随时随地恰当地表达出剧中人的感情，因而她的唱有风格，有自己的东西，虽然别人唱起来，唱词和曲谱也全都是那么样。听她一句一句唱下去，你心中再不起旁的杂念，光受她的唱的支配。她的风格含着种种味道，领略那味道是一种愉快、一种享受，你唯恐错过了一丝半毫的愉快和享受，哪还有工夫想旁的？她的声音那么一转，一转之后又像游丝一样袅上去，你就默默点头，认为非那么一转袅上去不可。

她把一个语音斩钉截铁地喷出来，才喷出来就划然煞住，你就咂咂嘴唇，认为唯有那样喷出来就煞住才恰到好处。这里所谓“认为”并非思维活动，简直是不意识，不过耳朵里感觉顺适，心里感觉舒服罢了。我们看了好的书画、精美的雕刻，同样会感觉到那种顺适和舒服。凡是艺术作品，合乎规格，又不仅合乎规格，还有独自的风格、独自的味道的，都能叫人感觉到那种顺适和舒服。——我说了这么些话并没有传出孟遏云的唱的好处，这是没有办法的事，要领略好处怕只有用耳朵去听。我很想听听内行家的意见，不知道内行家对于孟遏云的唱怎么说。至于她的演技，我不再多说外行话了，总之，妥帖，老到，全身有戏，随时是戏。在《游龟山》里，她演江夏县的太太，又一回她演《探窑》里的王宝钏。《探窑》尤其酣畅淋漓。

常香玉的河南梆子，我看过她的《断桥》。她也有她的风格，能把感情充分地发挥。白娘娘的爱恋、怨恨、悲痛，听了她的唱似乎可以把实质给抓住。这回看了她的《花木兰》，印象当然也挺好。我的一位朋友发表他的"读后感"，他说《花木兰》的道白做工似乎过于京戏化了，减少了河南梆子的本色——某一剧种的某些本色应该保留还是改掉，该多保留还是少保留，是戏剧工作里值得讨究的题目。他又说花木兰胜利之后帐前独唱的时候如果有个舞蹈场面，戏也许更出色些。外行人不能下什么判断，愿意把朋友的意见记下来，供香玉剧社参考。

巧得很，在易俗社看了《拷红》，在香玉剧社也看了《拷红》。易俗社的《拷红》，饰红娘的是一位男角——很抱歉，没有记住他的姓名，一出场就看得出他是个守着旧典型的。所谓旧典型就是传统的规范，一举一动，一颦一笑，全有程式。可是他能不让程式拘住，把程式演活了，于是观众面前出现一个活泼伶俐随机应变的小红娘。我想，我国各种旧戏都有它的程式，凡是成功的演员都是把程式演活了的——不知道这样说是不是切当。香玉剧社的《拷红》，老夫人、莺莺、红娘、张生四个角色铢两悉称，彼此配合得挺紧凑，一个在那里唱呀说的，跟另外一个或几个息息相关。这一层不太容易做到。可是观众爱看的是整台的戏，不是一个角色演戏，另外一个或几个只在旁边坐一坐，站一站。为了满足观众的要求，演员当然应当尽力做到这一层。

没有戏剧源流的知识，不知道秦腔和河南梆子的关系怎么样。推想起来，该是近房兄弟吧。不然，为什么西安人喜爱南梆子那么强，只望香玉剧社老留在西安？再说，陕西跟河南接壤，一在关内，一在关外，地理上的关系也实在密切。据我想，这两种戏剧，还有其他几种地方戏，有个共通之点，就是唱句的音乐性很够味，可是听起来还是语言。

音乐性够味，所以熟极的戏也愿意再去听一听，听那唱歌，听那演员的独自的风格——当然指有风格的而言。听起来还是语言，所以听歌唱同时领略戏的细微曲折，比较单就音乐方面听，感觉更见深切。在我国各种戏剧里头，音乐性够味可是听起来几乎不成语言的，该数昆曲里的南曲了——北曲好一些。固然，曲词多用文言辞藻，造句又属诗词一路，那是不容易一听就明白的一个原因。可是，更重要的原因在每唱一个字袅呀袅呀地转折太多了，叫人家光听见一连串的工尺上四合。就是能唱的曲家，要是请他听一支生曲子，恐怕除了一连串的工尺上四合也领略不多吧。曲词明明是语言（诗词一路的语言），可是听起来只是一连串的工尺上四合，不成语言。

在戏曲界“百花齐放，推陈出新”的今天。各种剧种都在那里发展呀改革的，情形热闹非凡，可是昆曲只有抱残守缺的份儿，道理也许就在这里。京戏旦角的某些唱段，我听起来也有一连串工尺上四合之感，就是说不知道说些什么，虽然觉得悦耳。我听秦腔和河南梆子就不然，一方面居然能欣赏唱的好处，另一方面又能听清它的语言，欣赏就包括戏剧的内容，不仅在音乐。凡有这个特征——音尔性够味，可是听起来还是语言——的歌剧，我想，前途都是光明的、乐观的。什么根据呢？

根据就在我能够接受，非但能够接受，还能够欣赏。而我呢，至少可以代表一大部分并不内行可是喜欢看戏的观众。

看了西北歌舞剧团的《小二黑结婚》，我就想到一部分新歌剧似乎还没有前边所说的特征，唱词配了音乐，当然不像话剧那样，句句跟实际生活里的语言一致，而那音乐，不知道什么缘故，又不像秦腔和河南梆子那样，能使有天分的演员唱成独自的风格。于是，就语言方面听，不如话剧干脆、爽利、有实感，就音乐方面听，不如秦腔、河南梆子的耐人寻味，经得起咀嚼。有些新歌剧，我们看过一回，知道有那么一回事就算了，再不想看第二回，原由恐怕在此，新歌剧正在成长的阶段，得从各方面努力，是不是该在争取我所说的特征上多注点儿意，希望戏剧界考虑。

现在谈皮影戏。我们看的全本《火焰驹》。皮影戏各个登场人物的唱词道白大部分由一个人担任，只有少数几处由另外一个人搭配。唱的什么调我不知道，似乎属于“说唱”一路。

那皮人、皮道具的雕刻工细极了，饰色鲜艳极了，陈列在民间艺术品展览会里准可以列入上选。一切全用繁复的线条画成，只有人物的面部很简单，几笔勾出了生旦净丑，当然也有繁复的花脸。生的袍服，旦的衣裙……全有图案花纹。一张桌子，一把椅了，也不厌其烦地尽量细雕，好像红木作里制成的精制品。小到一把扇子(要知道皮人只一尺来高，可以想象扇子多大了)，并不剪成扇形就算，还要把它镂空，让扇面上有画。有几幅布景，那花丛全用工笔，那假山有宋元入画山石的意味，又古茂，又艳丽。

没看过皮影戏的也许不大明白那是怎么回事，现在大略说几句。可以拿傀儡戏作比方，傀儡戏是傀儡演戏，皮影戏是皮人演戏，举止行动同样由藏在背后的人操纵。不过皮人不像傀儡那样成个立体的形象，那是皮雕成的，只是一片，而且是侧影的一片，不朝左就朝右。后面亮着灯光，活动的皮人的影子映在垂直张挂的白布上，观众在白布前面就可以看戏了。

我们看戏看傀儡戏都在台前看，看正面。舞台有深度，因而有远近。元帅升帐，他的位置距离我们远些，帐前两旁站着四将，距离我们近些。看皮影戏可不然。我们虽然坐在白布前面，实际上等于坐在舞台侧边。只能看个侧面。无所谓远近，侧形的皮人全在一个平面上活动——一个平面就是那垂直张挂的白布。

看皮影戏得在意想中“除外”一些形象。换句话说，有些影子你得当作没看见。要让皮人的身躯跟四肢活动，不能不用几根细木签支使它，细木签的影子不能不映在白布上。要是不在意想中当作没看见那些细木签的影子，就觉得场面上的人物牵牵挂挂的，很不顺眼。还有，皮人本来朝左，一会儿要它朝右，这只有一个办法，把它翻转来。翻转来当然很快，真可以说“一刹那”，在“一刹那”间，侧面的人形成了稀奇古怪的形象。那稀奇古怪的形象也得“除外”，当作没看见，意想中只当它朝左的人物慢慢地转过身来朝右边。还有，皮影必须贴着白布，轮廓和线条才显得清楚，色彩才显得鲜明。可是，皮人究竟拿在人的手里，总不免有些时候离开白布些儿，于是轮廓和线条朦胧了，色彩模糊了。那时候你最好闭一闭眼睛养养神，待皮人贴着了白布再看下去。

这些全是特质的条件的限制，既然要让“只是一片”的皮人演戏，就没法超越这些限制。我们只要想一想，所有登场的皮人全都由一个人的两只手操纵，居然可以演出整本的戏，模仿真人的活动相当到家，也就不会有什么苛求了。

一个唱的，一个操纵皮人的，三四个奏音乐的，大概五六个人就可以搞一个皮影戏的班子。这样地简单，旁的戏班子无论如何赶不上。跟傀儡戏比起来似乎差不多，可是皮人比傀儡轻巧多了。在无戏可看的地区，皮影戏靠它的简单，四出流动，满足群众的需要。现在戏剧的供应已经比较普遍，今后更将普遍，僻远的农村也可以看到话剧、歌剧。我想，在换换口味的意义之下，那时候皮影戏还会是群众所喜见乐闻的。

我的京味儿回忆录

◎ 林海音

故居何处？

自从开放到大陆探亲以后，亲友见了我，都会问我，是否要到大陆去探访亲友故旧和故居，我笑笑摇摇头，谢谢他们的关心，我告诉他们，一时尚无此打算。十年以来，已经辗转和大陆亲友通了信，近二三年更在港和我唯一留在大陆的三妹母女及外子承楹的幺妹、妹夫见过面，也时常通信。在美的晚辈——儿子、媳妇、女婿、侄子也都去过大陆，见过家人了，每个家人亲友的状况大概知道，也就不忙在一时去相见。至于地方，我常笑对此地的亲友说："北平连城墙都没了，我回去看什么？"正如吾友侯榕生十年前返大陆探亲，回来写的文章中一句我记得最清楚、也颇同感的话，她说："我的城墙呢？"短短五个字，我读了差点儿哭出来。

但是近来却因此一热门儿话题，使得北京的景色、童年、人物，扑面而来，环绕着我，不知道回忆哪一桩好了。过去的写作，无论小说、散文的内容，也无论文字的运用，总是“京味儿”的居多，在那儿住了二十六年了嘛！这次正要把这一类的作品，尚未结集的，出一专集，想着还有许多记忆深刻的没有记出来，就打算再写一次打总儿的，但是从何说起呢？我的晚辈以及在大陆的亲友，曾经把我住过的街道、故居、我的母校等拍了照片寄给我，虽然有的已经无从确认，却也给了我许多回忆。有一位表弟读到我作品中所写到的街道、商号等，竟去寻找拍了照片寄给我看，真使我感谢又感动。那么我何不就从我在北京——北平——北京——北平——所居住过的地方：珠市口——椿树上二条——新帘子胡同——虎坊桥——西交民巷——梁家园——南柳巷——永光寺街——南长街，顺序以杂忆方式记录下来呢！

珠市口

1922年父亲在北京安顿好了他的职业，便回台湾来接母亲和我到北京去，那时我五岁，穿着小和服。当时暂住西珠市口的谦安客栈，这种客栈可久居、暂居，可单身或携眷。珠市口分东西，以正阳门大街为界，是当时很繁华热闹的市区，因为当时北京是首都，北伐尚未成功。北京城方方正正，城分内外，一切繁华都在正阳门以南的外城，所以饭店、戏院、大商号、八大胡同妓院都在前门（即正阳门）外一带。

我们所暂住的谦安客栈，旁边就是北京著名的第一舞台，我赶上看一次北京的大义务戏，什么都不记得，只记得有一童伶武生李万春。在台湾跟他的小弟弟李环春谈起来，环春说：“您看我大哥戏的时候，我还不知道在哪儿呢！”意思就是说，他还没出生呢！

从谦安客栈向西走下去，就是虎坊桥、骡马市，是南城的热闹大街。珠市口向南去，离城南游艺园、天桥、天坛等地不远，附近则是八大胡同——妓院的集中地，白天冷冷清清，华灯初上，每家妓院照得像白昼一样，妓女的名牌都挂出来，镜框里用彩色小灯泡缀着黛玉、绿珠、翠环等花名。这时全城已静，只有八大胡同门前是车水马龙，停满了点着四个倍儿亮车灯的自用洋车，那都是当时北洋政府时代的达官显要所有。高级的妓院叫“清吟小班”，大都是苏州人，“二等茶室”则是北地胭脂了。到了北伐成功，迁都南京，八大胡同有名无实，完全成了历史名词了。

椿树上二条

在谦安客栈暂住不久，就搬到椿树上二条了。这是我在北京生长、生活起步的第一个居家。其实这是永春会馆的后进，正门在椿树上头条，这里另开一个后门出进，中间隔着一个大院子，院子里有一棵槐树，到了夏天槐树开花，唧鸟（蝉）叫，树上挂吊下来许多像蚕一样的槐树虫，俗称吊死鬼；淡淡的绿像槐树花一样的颜色。它也是我的第一种大自然玩具。预备一个玻璃瓶，一双筷子，把吊死鬼夹下来放进瓶子里观赏。看那蠕动的一群，实在肉麻，不知为什么我们小孩子会喜欢这样的玩意儿？

在椿树上二条，开始了我成为一个北京小姑娘的生活，我开始穿着打了皮头儿的布鞋，开始穿袜子，开始喝豆汁儿，开始吃涮羊肉（都是我母亲捏着鼻子一辈子不曾入口的），也开始上师大附小一年级，ㄅㄆㄇㄈ，接受全盘的中国新教育了。

当然，父亲也开始严格地管教我，不许我迟到，不许我坐洋车上学。清晨起来，母亲给我扎紧了狗尾巴一般的小黄辫子，斜背着黄色布制上面有“书包”二字的书包，走出家门。胡同有小黑狗紧追我两步，老怕它咬我脚后跟。走出椿树上二条，穿过横胡同，走一段鹿犄角胡同，到了西琉璃厂，首先看见的就是羊肉床子大宰活羊血淋淋地倒在门口，心惊肉跳地闪避着走过去，到了厂甸向北拐走一段就是面对师大的附小了。在晨曦中我感觉快乐、温暖，但是第一次父亲放我自己走去学校，我是多么害怕。我知道必须努力地走下去，这是父亲给我的人生第一个教育，事事要学着“自个儿”。

在椿树上二条，母亲又给我带来了三妹燕珠和弟弟燕生，弟弟的来到，是林家的喜事，因为我有两位异母姐姐和二妹留在台湾，这时我父亲已有五个女儿，这弟弟来到人间是很重要的。凡是我母亲在北京生的孩子，名字上都有一个“燕”字。

我在《城南旧事》写作中重要的人物——宋妈，也在弟弟出生后来做他的奶妈。

那时候家中的日常用品，常常都是到下斜街的土地庙去买，庙会的日子好像是逢三吧。我随母亲、宋妈去土地庙，她们买家用品，笤帚、畚箕什么的，我就吃灌肠、扒糕（至今想起那食物还要流口水），不然就是玩那永远连个小泥狗都套不着的套圈儿游戏。

这时家中由三口变成六口了，椿树上二条一溜三间的房子，似乎不够住了，父亲就托送信的邮差给找房子，因为父亲这时已经在北京邮政总局工作了。在这以前他是在日本人办的日文报纸京津日日新闻工作。

新帘子胡同

新帘子胡同是在内城，刚搬去的时候，我到厂甸上学，必须沿着顺城街走出顺治门（也叫宣武门），再走西河沿到学校，这时路途远，不能走路上学了，于是就包了洋车每天接送我。但是过不久，就在正阳门和宣武门之间开了一个新城门，那就是最早叫兴华门，后来叫和平门的。

城墙还没开好，人是可以走路通过了，这给了小学生我一个大乐趣，每天上学走过折城墙所堆集的城砖土堆，崎岖不平地走来跳去，有一种小心、选择、完成的不畏艰难感吧！我喜欢每天走出所居住的和平门里新帘子胡同，走一段大街，穿过和平门，就到了南新华街的学校，再也不要坐洋车绕宣武门了。

新帘子胡同的家因为在胡同尽头，是个死胡同，所以很安静，每天在我放学后撂下书包，就跟宋妈带着弟弟妹妹到大街上看热闹，或者在我放学回来时，宋妈和弟、妹已经站在门口儿"卖呆儿"等着我了。

宋妈在门口儿，都是拿了小板凳，并不是人家描写北平大姑娘站在门口儿"卖呆儿"的那种样子。小板凳不止一个，因为弟弟、妹妹也要坐，宋妈教弟弟妹妹念歌谣，看见我回来，他们就会冲着我念："拉大锯，扯大锯，姥姥家门口唱大戏。先搭棚，后结彩，羊肉包子朝上摆。接姑娘，请女婿，小外孙也要去。人家姑娘都来到，我的姑娘还没来。说着说着就来了，骑着驴，打着伞，光着屁股，挽个髻。"

我们到大街上看热闹，因为北京如有大出殡，这儿也常是必经之路。出殡的行列能有几里长，足够你看上两小时的。

虎坊桥

在北京的居所，只有两次住大街的，谦安客栈不算，虎坊桥是叫大街，南长街是大街，西交民巷则比街小，比胡同大。虎坊桥是我成长中最难忘的地方，这时我的二妹也从台湾送到北京来，而我母亲又在虎坊桥生了四妹、五妹，家里人口旺，虎坊桥大街上也多彩多姿，我在《城南旧事》和其他短篇怀念中，都有以此地为背景，或者专文记载。我的二妹来时已八岁，该入小学二年级了，但是她因言语不通，没读过书，所以插入隔壁的第八小学（后来叫虎坊桥小学）一年级。有一天她放学回来，对母亲说：“老师叫我明天拿孔子公去。”母亲纳闷，怎么叫作拿孔子公去呢？原来老师是叫拿通知簿去，她以台语谐音听成孔子公。她所以知道孔子公，是因为台湾亦尊孔，管孔子叫孔子公的。

虎坊桥的这所三进大房子，原来是广东的蕉岭会馆，我林家是七代以前从广东蕉岭移居台湾头份，祖父生前还每年返蕉岭拜祖祠，因此父亲在北京也就跟客家人很熟，租了蕉岭会馆全馆。北京各省会馆很多，都是清朝各地上京赶考学子所居住的，民国以后没有考举之事，会馆里虽然仍住有各省学生，也有很多租给人住家，以便有收入作管理会馆的费用。

父亲爱漂亮、清洁，把蕉岭会馆油刷整理一新，那时父亲交游广，家里人口多，我们已有六姐弟，再加车夫、宋妈及另一奶妈，家里就有十一口人了。周末总是有客人来玩，母亲每天多是到广安门大街的广安市场去买菜，鱼虾就到西河沿去买。春天门口有挑担或推车专卖黄花鱼、对虾的，青菜则有整辆车的红梗绿菠菜。清末皇族趣谈，说西太后逃难在外，乡下没得可吃，某日御厨上来了一道菜。西太后在她那宫里每天一百八十道菜中从没见过，吃起来倒不难吃，便问这是什么菜，御厨思索了一下，找了句吉祥好听的，便说：“太后老佛爷，这是金镶白玉板红嘴绿鹦哥哪！”原来只是油煎豆腐烧菠菜，就是这种红绿相映的菠菜。

我住虎坊桥，已经上三、四年级了，每日仍是走读，这次和住新帘子胡同相反方向。上学是由虎坊桥大街走到京华印书馆向北转走一条南新华街，经过臧家桥、大小沙土园等路口，到了厂甸、海王村直走下去，就是附小了。记得沙土园口上有一家蜀珍号，专卖干货的，他们自制辣萝卜干，颜色红白相映，辣乎乎的，好吃极了，我常常买了一包，没等到家就在路上打开捏一根、一根地吃。又有一家小南方饭馆，中午不愿回家吃饭，就在这饭馆吃霉干菜肉末包子，每次只是吃三大枚或加叫一碗汤共五大枚，而且不用付现款，记在一个小摺子上，每月算账。

这时是北伐“闹革命”的时候，也是新文化运动、妇女解放运动到了极致的时候，许多女孩子剪了辫子了，在我附小也每天看见有新剪发的同学。附小韩主任禁不住召集全校同学到大礼堂，说明“身体发肤受之父母不可毁伤”的大道理，但时潮扑来，拦不住了，我也剪了发，虽胆战心惊的，还好父亲看见了，没讲什么。但是制服的问题，却很严重，使我痛苦极了，这时我们又搬家了。

西交民巷

知道北京东交民巷的人，都知道那是使馆区。西交民巷没有东交民巷那么漂亮，但因为是银行区，所以也很整洁，我家对面就是中国银行，父亲叫我到日本正金银行去取款，是在东交民巷。我小小年纪，手捏着银行存款簿，也捏着一把汗。父亲叫我去取“金叁拾圆也”，是有意训练我吗？我自此不得不凡事努力以赴，父亲老早离开我们，亏得我这做大姐的受了父亲的严格训练，也不知天高地厚，什么都不怕的硬闯。

说到制服，我们学校原是穿中式右大襟衣裙或大褂儿。新潮来，学校改制服样式了，是衣连裙翻领的，质料仍是月白竹布。我的父亲真不讲理，他说穿这样差的料子和样式像外国乞丐，非叫我仍穿中式竹布大褂儿不可。制服怎么能不穿呢！母亲也怕父亲，她出个主意，每天让我把制服穿在里面，外套竹布大褂儿，到了学校，我就先脱了大褂儿叠好放在传达室，才去教室上课，放学时再到传达室套上大褂儿。这样有多久，我已经不记得了。

宋妈常常带了弟弟、妹妹，端了小板凳到对面中国银行的树阴下去坐，等着我和二妹放学回来。这时二妹还在虎坊桥的第八小学。我们每天都要穿过和平门，我先到附小，她再一直走下南新华街，到了虎坊桥大街东拐走一段就到了。

我们的隔壁是一位回教的外科大夫赵炳南挂牌行医，父亲跟他成了街坊朋友。记得我家有一架手摇的日本小留声机，小小的唱片，唱出来的是日本童歌《桃太郎》什么的，赵大夫觉得有趣，还借去听来着。后来我们搬离了西交民巷，他也搬到对面一所平房。我所以对他有深刻印象，是我的五妹燕玢有一年脸上敏感长满了疙瘩，西医无法，就到赵炳南那儿去治疗，涂了他给的药膏（小扁盒装），很快起了一层痂，掉了后就是一张漂亮白净的小脸蛋儿了。又多年后，焯儿三岁得疝气，小儿科麻大夫最后要给动手术了，我很担心。那天早上，上麻大夫诊所经过西交民巷，看见赵炳南的牌子，我忽然灵机一动，停车下来同门口儿挂号的，治不治疝气。他很和气地说："倒是也有人来治过。"我就带进去给赵大夫看，并且告诉他，我们曾是街坊的事。他听了很高兴，给了仍是小扁盒的药膏。肿胀存水的疝气，果然不数次就消肿痊愈了。因而对赵炳南的印象很深。

第二辑
我的信仰

就是我自己的名字，对于中国以进化论为时尚，也是一个证据。我请我二哥替我起个学名的那天早晨，我还记得清楚。他只想了一刻，他就说，“‘适者生存’中的‘适’字怎么样？”我表同意；先用来做笔名，最后于一九一零年就用作我的名字。我对于达尔文与斯宾塞两氏进化假说的一些知识，很容易的与几个中国古代思想家的自然学说连了起来。

风的话

◎ 周作人

北京多风，则常想写一篇小文章讲讲它。但是一拿起笔，第一想到的便是大块噫气这些话，不觉索然兴尽，又只好将笔搁下。近日北京大刮其风，不但三日两头地刮，而且一刮往往三天不停，看看妙峰山的香市将到了，照例这半个月里是不大有什么好天气的，恐怕书桌上沙泥粒屑，一天里非得擦几回不可的日子还要暂时继续，对于风不能毫无感觉，不管是好是坏，决意写了下来。说风的感想，重要的还是在南方，特别是小时候在绍兴所经历的为本，虽然觉得风颇有点可畏，却并没有什么可以嫌恶的地方。绍兴是水乡，到处是河港，交通全用船，道路铺的是石板，在二三十年前还是没有马路。因为这个缘故，绍兴的风也就有它的特色。这假如说是地理的，此外也有一点天文的关系。

绍兴在夏秋之间时常有一种龙风，这是在北京所没有见过的。时间大抵在午后，往往是很好的天气，忽然一朵乌云上来，霎时天色昏黑，风暴大作，在城里说不上飞沙走石，总之是竹木摧折，屋瓦整叠地揭去，哗喇喇的掉在地下，所谓把井吹出篱笆外的事情也不是没有。若是在外江内河，正坐在船里的人，那自然是危险了，不过撑莒船的老大们大概多是有经验的，他们懂得占候，会看风色，能够预先防备，受害或者不很大。

龙风本不是年年常有，就是发生也只是短时间，不久即过去了，记得老子说过，“飘风不终朝，骤雨不终日，孰为此者天地，天地尚不能久，而况于人乎。”这话说得很好，此本是自然的纪律，虽然应用于人类的道德也是适合。下龙风一二等的大风却是随时多有，大中船不成问题，在小船也还不免危险。我说小船，这是指所谓踏桨船，从前在《乌篷船》那篇小文中有云：

“小船则真是一叶扁舟，你坐在船底席上，篷顶离你的头有两三寸，你的两手可以搁在左右的舷上，还把手掌都露出在外边。在这种船里仿佛是在水面上坐，靠近田岸去时便和你的眼鼻接近，而且遇着风浪，或是坐得稍不小心，就会船底朝天，发生危险，但是也颇有趣味，是水乡的一种特色。”陈昼卿《海角行吟》中有诗题目《脚桨船》，小注云：“船长丈许，广三尺，坐卧容一身，一人坐船尾，以足踏桨行如飞，向惟越人用以押潮渡江，今江淮人并用之以代急足。”这里说明船的大小，可以作为补足，但还得添一句，即舟人用一桨一楫，无舵，以楫代之。船的容量虽小，但其危险却并不在这小的一点上，因为还有一种划划船，更窄而浅，没有船篷，不怕遇风倾覆，所以这小船的危险乃是因有篷而船身较高之故。在庚子的前一年，我往东浦去吊先君的保母之丧，坐小船过大树港，适值大风，望见水面波浪如白鹅乱窜，船在浪上颠播起落，如走游木，舟人竭力支撑，驶入汊港，始得平定，据说如再颠一刻，不倾没也将破散了。

这种事情是常会有的，约十年后我的大姑母来家拜忌日，午后回吴融村去，小船遇风浪倾覆，遂以溺死。我想越人古来断发文身，入水与蛟龙斗，十惯了这些事，活在水上，死在水里，本来是觉悟的，俗语所谓瓦罐不离井上破，是也。我们这班人有的是中途从别处迁移去的，有的虽是土著，经过二千余年的岁月，未必能多少保存长颈乌椽的气象，可是在这地域内住了好久，如范少伯所说，窜沿鱼鳖之与处而蛙邑之与同陼，自然也就与水相习，养成了这一种态度。辛丑以后我在江南水师学堂做学生，前后六年不曾学过游泳，本来在鱼雷学堂的旁边有一个池，因为有两个年幼的学生不慎淹死在里边，学堂总办就把池填平了，等我进校的时候那地方已经改造了三间关帝庙，住着一个老更夫，据说是打长毛立过功的都司。我年假回乡时遇见人间，你在水师当然是会游水吧。我答说，不。为什么呢？因为我们只是在船上时有用，若是落了水就不行了，还用得着游泳么。这回答一半是滑稽，一半是实话，没有这个觉悟怎么能去坐那小船呢。

上边我说在家乡就只怕坐小船遇风，可是如今又似乎翻船并不在乎，那么这风也不甚么可畏了。其实这并不尽然。风总还是可怕的，不过水乡的人既要以船为车，就不大顾得淹死与否，所以看得不严重罢了。除此以外，风在绍兴就不见得有什么讨人嫌的地方，因为它并不扬尘，街上以至门内院子里都是石板，刮上一天风也吹不起尘上来，白天只听得邻家的淡竹林的摩夏声，夜里北面楼窗的板门格答格答的作响，表示风的力量，小时候熟习的记忆现在回想起来，倒还觉得有点有趣。后来离开家乡，在东京随后在北京居住，才感觉对于风的不喜欢。本乡三处的住宅都有板廊，夏天总是那么沙泥粒屑，便是给风刮来的，赤脚踏上去觉得很不愉快，桌子上也是如此，伸纸摊书之前非得用手摸一下不可，这种经验在北京还是继续着，所以成了习惯，就是在不刮风的日于也会这样做，北京还有那种蒙古风，仿佛与南边的所谓落黄沙相似，刮得满地满屋的黄土，这土又是特别得细，不但无孔不入，便是用本地高丽纸糊好的门窗格子也挡不住，似乎能够从那帘纹的地方穿透过去。

平常大风的时候，空中呼呼有声，古人云：春风狂似虎，或者也把风声说在内，听了觉得不很愉快。古诗有云，白杨多悲风，萧萧愁杀人。这萧萧的声音我却是欢喜，在北京所听的风声中要算是最好的。在前院的绿门外边，西边种了一棵柏树，东边种了一棵白杨，或者严格地说是青杨，如今十足过了廿五个年头，柏树才只拱把，白杨却已长得合抱了。前者是长青树，冬天看了也好看，后者每年落叶，到得春季长出成千万的碧绿大叶，整天的在摇动着，书本上说它无风自摇，其实也有微风，不过别的树叶子尚未吹动，白杨叶柄特别细，所以就颤动起来了。戊寅以前老友饼斋常来寒斋夜谈，听见墙外瑟瑟之声，辄惊问曰，下雨了吧，但不等回答，立即省悟，又为白杨所骗了。戊寅春初饼斋下世，以后不复有深夜谈天的事，但白杨的风声还是照旧可听，从窗里望见一大片的绿叶也觉得很好看。关于风的话现在可说的就只是这一点，大概风如不如水在一起这固无可畏，却也就没有什么意思了。阴历三月末日。

《给青年的十二封信》(节选)

◎ 朱光潜

谈升学与选课

朋友：

你快要在中学毕业，此时升学问题自然常在脑中盘旋。这一着也是人生一大关键，所以，值得你慎而又慎。

升学问题分析起来便成为两个问题，第一是选校问题，第二是选科问题。这两个问题自然是密切相关的，但是为说话清晰起见，分开来说，较为便利。

我把选校问题放在第一，因为青年们对于选校是最容易走人迷途的。现在中国社会还带有科举时代的资格迷。比方小学才毕业便希望进中学，大学才毕业便希望出洋，出洋基本学问还没有做好，便希望掇拾中国古色斑斑的东西去换博士。学校文凭只是一种找饭碗的敲门砖。学校招牌愈亮，文凭就愈行，实学是无人过问的。社会既有这种资格迷，而资格买卖所便乘机而起。租三间铺面，拉拢一个名流当“名誉校长”，便可挂起一个某某大学的招牌。只看上海一隅，大学的总数比较英或法全国大学的总数似乎还要超过，谁说中国文化没有提高呢了大学既多，只是称“大学”还不能动听，于是“大学”之上又冠以“美国政府注册”的头衔。既“大学”而又在“美国政府注册”，生意自然更加茂盛了。何况许多名流又肯“热心教育”做“名誉校长”呢了。

朋友，可惜这些多如牛毛的大学都不能解决我们升学的困难，因为那些有“名誉校长”或是“美国政府注册”的大学，是预备让有钱可花的少爷公子们去逍遥岁月，像你我们既无钱可花，又无时光可花，只好望望然去罢。好在它们的生意并不会因我们“杯葛”而低落的，我们求学最难得的是诚恳的良师与和爱的益友，所以选校应该以有无诚恳、和爱的空气为准。如果能得这种学校空气，无论是大学不是大学，我们都可以心满意足。做学问全赖自己，做事业也全赖自己，与资格都无关系。我看过许多留学生程度不如本国大学生，许多大学生程度不如中学生。至于凭资格去混事做，学校的资格在今日是不大高贵的，你如果做此想，最好去逢迎奔走，因为那是一条较捷的路径。

升学问题，跨进大学门限以后，还不能算完全解决。选科选课还得费你几番踌躇。在选课的当儿，个人兴趣与社会需要尝不免互相冲突。许多人升学选课都以社会需要为准。从前人都欢迎速成法政；我在中学时代，许多同学都希望进军官学校或是教会大学；我进了高等师范，那要算是穷人末路。那时高等师范里最时髦的是英文科，我选了国文科，那要算是腐儒末路。杜威来中国时，哥伦比亚大学的留学生把教育学也弄得很热闹。近来书店逐渐增多，出诗文集一天容易似一天，文学的风头也算是出得十足透顶。听说现在法政经济又很走时了。朋友，你是学文学或是学法政呢！“学以致用”本来不是一种坏的主张；但是资察兴趣人各不同，你假若为社会需要而忘却自己，你就未免是一位“今之学者”了。任何科目，只要和你兴趣资察相近，都可以发挥你的聪明才力，都可以使你效用于社会。所以你选课时，旁的问题都可以丢开，只要问："这门功课合我的胃口么了。"

我时常想，做学问，做事业，在人生中都只能算是第二桩事。人生第一桩事是生活。我所谓"生活"是"享受"，是"领略"，是"培养生机"。假若为学问为事业而忘却生活，那种学问事业在人生中便失其真正意义与价值。因此，我们不应该把自己看作社会的机械。一味迎合社会需要而不顾自己兴趣的人，就没有明白这个简单的道理。

我把生活看作人生第一桩要事，所以不赞成早谈专门；早谈专门便是早走狭路，而早走狭路的人对于生活常不能见得面面俱到。前天G君对我谈过一个故事，颇有趣很可说明我的道理。他说，有一天，一个中国人一个印度人和一位美国人游历，走到一个大瀑布前面，三人都看得发呆；中国人说："自然真是美丽！"印度人说："在这种地方才见到神的力量呢！"美国人说："可惜偌大水力都空费了！"这三句话各不同，各有各的真理，也各有各的缺陷。在完美的世界里，我们在瀑布中应能同时见到自然的美丽，神力的广大和水力的实用。许多人因为站在狭路上，只能见到诸方面的某一面，便说他人所见到的都不如他的真确。前几年大家曾像煞有介事地争辩哲学和科学，争辩美术和宗教，不都是坐井观天诬天渺小么了。

我最怕和谈专门的书呆子在一起，你同他谈话，他三句话就不离本行。谈到本行以外，旁人所以为兴味盎然的事物，他听之则麻木不能感觉。像这样的人是因为做学问而忘记生活了。我特地提出这一点来说，因为我想现在许多人大谈职业教育，而不知单讲职业教育也颇危险。我并非反对职业教育，我却深深地感觉到职业教育应该有宽大自由教育（Liber-aleducation）做根底。倘若先没有多方面的宽大自由教育做根底，则职业教育的流弊，在个人方面，常使生活单调乏味，在社会方面，常使文化肤浅褊狭。

许多人一开口就谈专门(specialization)，谈研究(re-searchwork)。他们说，欧美学问进步所以迅速，由于治学尚专门。原来不专则不精，固是自然之理，可是“专”也并非是任何人所能说的。倘若基础树得不宽广，你就是“专”，也决不能专到多远路。自然和学问都是有机的系统，其中各部分常息息相通，牵此则动彼。倘若你对于其他各部分都茫无所知，而专门研究某一部分，实在是不可能的。哲学和历史，须有一切学问做根底；文学与哲学历史也密切相关；科学是比较可以专习的，而实亦不尽然。比方生物学，要研究到精深的地步，不能不通化学，不能不通物理学，不能不通地质学，不能不通数学和统计学，不能不通心理学。许多人连动物学和植物学的基础也没有，便谈专门研究生物学，是无异于未学爬而先学跑的。我时常想，学问这件东西，先要能博大而后能精深。“博学守约”，真是至理名言。亚理斯多德是种种学问的祖宗。康德在大学里几乎能担任一切功课的教授。歌德盖代文豪而于科学上也很有建树。亚当·斯密是英国经济学的始祖，而他在大学是教授文学的。近如罗素，他对于数学，哲学，政治学样样都能登峰造极。这是我信笔写来的几个确例。西方大学者(尤其是在文学方面)大半都能同时擅长几种学问的。

我从前预备再做学生时，也曾痴心妄想过专门研究某科中的某某问题。来欧以后，看看旁人做学问所走的路径，总觉悟像我这样浅薄，就谈专门研究，真可谓“颜之厚矣！”我此时才知道从前在国内听大家所谈的“专门”是怎么一回事。中国一般学者的通病就在不重根基而侈谈高远。比方“讲东西文化”的人，可以不通哲学，可以不通文学和美术，可以不通历史，可以不通科学，可以不懂宗教，而信口开河，凭空立说;历史学者闻之窃笑,科学家闻之窃笑,文艺批评学者闻之窃笑,只是发议论者自己在那里洋洋得意。再比方著世界文学史的人,法国文学可以不懂,英国文学可以不懂,德国文学可以不懂,希腊文学可以不懂,中国文学可以不懂,而东抄西袭,堆砌成篇,使法国文学学者见之窃笑,英国文学学者见之窃笑,中国文学学者见之窃笑,只是著书人在那里大吹喇叭。这真所谓"放屁放屁,真正岂有此理!"

朋友,你就是升到大学里去,千万莫要染着时下习气,侈谈高远而不注意把根基打得宽大稳固。我和你相知甚深,客气话似用不着说。我以为你在中学所打的基本学问的基础还不能算是稳固,还不能使你进一步谈高深专门的学问。至少在大学头一二年中,你须得尽力多选功课,所谓多选功课,自然也有一个限制。贪多而不务得,也是一种毛病。我是说,在你的精力时间可能范围以内,你须极力求多方面的发展。

最后,我这番话只是对你的情形而发的。我不敢说一切中学生都要趁着这条路走。但是对于预备将来专门学某一科而谋深造的人,尤其是所学的关于文哲和社会科学方面,我的忠告总含有若干真理。

同时,我也很愿听听你自己的意见。

你的朋友孟实

谈作文

朋友:

我们对于许多事,自己愈不会做,愈望朋友做得好。我生平最大憾事就是对于美术和运动都一无所长。幼时薄视艺事为小技,此时亦偶发宏愿去学习,终苦于心劳力拙,快快然废去。所以每遇年幼好友,就劝他趁早学一种音乐,学一项运动。

其次，我极羡慕他人做得好文章。每读到一种好作品，看见自己所久想说出而说不出的话，被他人轻轻易易地说出来了，一方面固然以作者“先获我心”为快，而另一方面也不免心怀惭作，唯其惭作，所以每遇年幼好友，也苦口劝他练习作文，虽然明明知道人家会奚落我说：“你这样起劲谈作文，你自己的文章就做得‘瞥脚！夕。”

文章是可以练习的么了？迷信天才的人自然嗤着鼻子这样问。但是在一切艺术里，天资和人力都不可偏废。古今许多第一流作者大半都经过刻苦的推敲揣摩的训练。法国福楼拜尝费三个月的功夫做成一句文章；莫泊桑尝登门请教，福楼拜叫他把十年辛苦成就的稿本付之一炬，从新起首学描实境。我们读莫泊桑那样的极自然极轻巧极流利的小说，谁想到他的文字也是费功夫作出来的呢了，我近来看见两段文章，觉得是青年作者应该悬为座右铭的，写在下面给你看看：

一段是从托尔斯泰的儿子 Count Ilya Tolstoy 所做的《回想录》(*Reminiscences*）里面译出来的，这段记载托尔斯泰著《安娜·卡列尼娜》(*Anna Karenina*）修稿时的情形。他说：“《安娜·卡列尼娜》初登俄报 Vyetnik 时，底页都须寄吾父亲自己校对。他起初在纸边加印刷符号如删削句读等。继而改字，继而改句，继而又大加增删，到最后，那张底页便成百孔千疮，糊涂得不可辨识。幸吾母尚能认清他的习用符号以及更改增删。她尝终夜不眠替吾父誊清改过底页。次晨，她便把他很整洁的清稿摆在桌上，预备他下来拿去付邮。吾父把这清稿又拿到书房里去看‘最后一遍夕，到晚间这清稿又重新涂改过，比原来那张底页要更加糊涂，吾母只得再抄一遍。他很不安地向吾母道歉。‘松雅吾爱，真对不起你，我又把你誊的稿子弄糟了。我再不改了。明天一定发出去。夕但是明天之后又有明天。有时甚至于延迟几礼拜或几月。他总是说，

‘还有一处要再看一下夕，于是把稿子再拿去改过。再誊清一遍。有时稿子已发出了，吾父忽然想到还要改几个字，便打电报去吩咐报馆替他改。”

你看托尔斯泰对文字多么谨慎，多么不惮烦！此外小泉八云给张伯伦教授（Prof. Chamberlain）的信也有一段很好的自白，他说：“……题目择定，我先不去运思，因为恐怕易生厌倦。我作文只是整理笔记。我不管层次，把最得意的一部分先急忙地信笔写下。写好了，便把稿子丢开，去做其他较适宜的工作。到第二天，我再把昨天所写的稿子读一遍，仔细改过，再从头至尾誊清一遍，在誊清中，新的意思自然源源而来，错误也呈现了，改正了。于是我又把他搁起，再过一天，我又修改第三遍。这一次是最重要的，结果总比原稿大有进步，可是还不能说完善。我再拿一片干净纸作最后的誊清，有时须誊两遍。经过这四五次修改以后，全篇的意思自然各归其所，而风格也就改定妥帖了。”

小泉八云以美文著名，我们读他这封信，才知道他的成功秘诀。一般人也许以为这样咬文嚼字近于迂腐。在青年心目中，这种训练尤其不合胃口。他们总以为能倚马千言不加点窜的才算好角色。这种念头不知误尽多少苍生了在艺术田地里比在道德田地里，我们尤其要讲良心。稍有苟且，便不忠实。听说印度的甘地主办一种报纸，每逢作文之先，必斋戒静坐沉思一日夜然后动笔。我们以文字骗饭吃的人们对此能不愧死么了

文章像其他艺术一样，“神而明之，存乎其人，”精微奥妙都不可言传，所可言传的全是糟粕。不过初学作文也应该认清路径，而这种路径是不难指点的。

学文如学画，学画可临帖，又可写生。在这两条路中间，写生自然较为重要。可是临帖也不可一笔勾销，笔法和意境在初学时总须从临帖中

领会。从前中国文人学文大半全用临帖法。每人总须读过几百篇或几千篇名著，揣摩呻吟，至能背诵，然后执笔为文，手腕自然纯熟。欧洲文人虽亦重读书，而近代第一流作者大半由写生入手。莫泊桑初请教于福楼拜，福楼拜叫他描写一百个不同的面孔。霸若因为要描写吉卜赛野人生活，便自己去和他们同住，可是这并非说他们完全不临帖。许多第一流作者起初都经过模仿的阶段。莎士比亚起初模仿英国旧戏剧作者。布朗宁起初模仿雪莱。陀思妥也夫斯基和许多俄国小说家都模仿雨果。我以为向一般人说法，临帖和写生都不可偏废。所谓临帖在多读书。中国现当新旧交替时代，一般青年颇苦无书可读。新作品寥寥有数，而旧书又受复古反动影响，为新文学家所不乐道。其实东烘学究之厌恶新小说和白话诗，和新文学运动者之攻击读经和念古诗文，都是偏见。文学上只有好坏的分别，没有新旧的分别。青年们读新书已成时髦，用不着再提倡，我只劝有闲工夫有好兴致的人对于旧书也不妨去读读看。

读书只是一步预备的工夫，真正学作文，还要特别注意写生。要写生，须勤做描写文和记叙文。中国国文教员们常埋怨学生们不会做议论文。我以为这并不算奇怪。中学生的理解和知识大半都很贫弱，胸中没有议论，何能做得出议论文了许多国文教员们叫学生人手就做议论文，这是没有脱去科举时代的陋习。初学作议论文是容易走人空疏俗滥的路上去。我以为初学作文应该从描写文和记叙文入手，这两种文做好了，议论文是很容易办的。

这封信只就一时见到的几点说说。如果你想对于作文方法还要多知道一点，我劝你看看夏丏尊和刘薰宇两先生合著的《文章作法》。这本书有许多很精当的实例，对于初学是很有用的。

你的朋友孟实

我的信仰

◎ 胡 适

我父胡珊，是一位学者，也是一个有坚强意志，有治理才干的人。经过一个时期的文史经籍训练后，他对于地理研究，特别是边省的地理，大起兴趣。他前往京师，怀了一封介绍书，又走了四十二日而达北满吉林，进见钦差大臣吴大激。吴氏是现在见知于欧洲研究中国学问者之中国的一个大考古学家。

吴氏延见他，问有什么可以替他为力的。我父说道："没有什么，只求准我随节去解决中俄界务的纠纷，件我得以研究东北各省的地理。"吴氏对于这个只有秀才底子，在关外长途跋涉之后，差不多已是身无分文的学者，觉得有味。他带了这个少年去干他那历史上有名的差使，得他做了一个最有价值、最肯做事的帮手。

有一次与我父亲同走的一队人，迷陷在一个广阔的大森林之内，三天找不着出路。到粮食告尽，一切侦察均归失败时，我父亲就提议寻觅溪流。溪流是多半流向森林外面去的，一条溪流找到了手，他们一班人就顺流而行，得达安全的地方。我父亲作了一首长诗纪念这次的事迹，乃四十年后，我在《论杜威教授系统思想说》的一篇论文里，用这件事实以为例证，虽则我未尝提到他的名字，有好些与我父亲相熟而犹生存着的人，都还认得出这件故事，并写信问我是不是他们故世已久的朋友的一个小儿子。

吴大澂对我父亲虽曾一度向政府荐举他为“有治省才能的人”，政治上却并未得臻通显，历官江苏、台湾后，遂于台湾团中日战争的结果而割让与日本时，以五十五岁的寿诞逝世。

我是我父亲的幼儿，也是我母亲的独子。我父亲娶妻凡三次；前妻死于太平天国之乱，乱军掠遍安徽南部各县，将其化为灰烬。次娶生了三个儿子、四个女儿。长子从小便证明是个难望洗心革面的败子。我父亲丧了次妻后，写信回家，说他一定要讨一个纯良强健的、做庄家人家的女儿。

我外祖父务农，于年终几个月内兼业裁缝。他是出身于一个循善的农家，在太平天国之乱中，全家被杀。因他还只是一个小孩子，故被太平军掠做俘虏，带往军中当差。为要防他逃走，他的脸上就刺了“太平天国”四字，终其身都还留着，但是他吃了种种困苦，居然逃了出来，回到家乡，只寻得一片焦土，无一个家人还得活着。他勤苦工作。耕种田地，兼做裁缝，裁缝的手艺，是他在贼营里学来的。他渐渐长成，娶了一房妻子，生下四个儿女，我母亲就是最长的。

我外祖父一生的心愿就是想重建被太平军毁了的家传老屋。他每天早上，太阳未出，便到溪头去拣选三大担石子，分三次挑回废屋的地基。挑完之后，他才去种田或去做裁缝。到了晚上回家时，又去三次，挑了三如石子，才吃晚饭。凡此辛苦恒毅的工作，都给我母亲默默看在眼里，他暗恨身为女儿，毫无一点法子能减轻他父亲的辛苦，促他的梦想实现。

随后来了个媒人，在田里与我外祖父会见，雄辩滔滔地向他替我父亲要他大女儿的庚帖。（按胡先生《我的母亲订婚》一章里面，用的是“八字”二字，英文系 Birthdatep，故译庚贴似较贴切。）我外祖父答应回去和家里商量。但到他在晚上把所提的话对他的妻子说了，她就大生气。她说：“不行！把我女儿嫁给一个大她三十岁的人，你真想得起？况且他的儿女也有年纪比我们女儿还大的！还有一层，人家自然要说我们嫁女儿给一个老官，是为厂钱财体面而把她牺牲的。”于是这一对老夫妻吵了一场。后来做父亲的说：“我们问问女儿自己。说来说去，这到底是她自己的事。”

到这个问题对我母亲提了出来，她不肯开口。中国女子遇到同类的情形常是这样的。但她心里却在深思沉想。嫁与中年丧偶、兼有成年儿女的人做填房，送给女家的聘金财扎比一般婚姻却要重得多，这点于她父亲盖房子的计划将大有帮助。况她以前又是见过我父亲的，知道他为全县人所敬重。她爱慕他，愿意嫁他，为的半是英雄崇拜的意识，但大半却是想望帮助劳苦的父亲的孝恩。所以到她给父亲逼着答话，她就坚决地说：“只要你们俩都说他是好人，请你们俩作主。男人家四十七岁也不能算是老。”我外祖父听了，叹了一口气，我外祖母可气的跳起来，忿忿地说：“好呵！你想做官太太了！好罢，听你情愿罢！”

我母亲于一八八九年结婚，时年十七，我则生在一八九一年十二月。我父殁于一八九五年，留下我母亲二十三岁做了寡妇。我父弃世，我母便做了一个有许多成年儿女的大家庭的家长。中国做后母的地位是十分困难的。她的生活自此时起，自是一个长时间的含辛茹苦。

我母亲最大的禀赋就是容忍。中国史书记载唐朝有个皇帝垂询张公仪那位家长，问他家以什么道理能九世同居而不分离拆散。那位老人家因过于衰迈，难以口述，请准用笔写出回答。他就写了一百个“忍”字。中国道德家时常举出“百忍”的故事为家庭生活最好的例子，但他们似乎没有一个曾觉察到许多苦恼、倾轧、压迫和不平，使容忍成了一种必不可少的事情。

那班接脚媳妇凶恶不善的感情，利如锋刃的话语，含有敌意的嘴脸，我母亲事事都耐心容忍。她有时忍到不可再忍，这才早上不起床，柔声大哭，哭她早丧丈夫，她从不开罪她的媳妇，也不提开罪的那件事，但是这些眼泪，每次都有神秘莫测的效果。我总听得有一位嫂嫂的房门开了，和一个妇人的脚步声向厨房走去。不多一会，她转来敲我们房门了。她走进来捧着一碗热茶，送给我的母亲，劝她止哭，母亲接了茶碗，受了她不出声的认错，然后家里又太平清静得个把月。

我母亲虽则并不知书识字，却把她的全副希望放在我的教育上。我是一个早慧的小孩，不满三岁时，就已认了八百多字，都是我父亲每天用红笺方块教我的。我才满三岁零点，便在学堂里念书。我当时是个多病的小孩，没有搀扶，不能跨一个六英寸高的门槛。但我比学堂里所有别的学生都能读能记些。我从不跟着村中的孩子们一块儿玩。更因我缺少游戏，我五岁时就得了“先生”的绰号。十五年后，我在康奈耳大学做二年级时，也同是为了这个弱点，而被houD比tor缩读，音与dog同，故用作谐称。译者)的浑名。

每天天还未亮时，我母亲便把我喊醒，叫我在床上坐起。她然后把对我父亲所知的一切告诉我。她说她望我踏上他的脚步，她一生只晓得他是最善良最伟大的人。据她说，他是一个多么受人敬重的人，以致在他间或休假回家的时期中，附近烟窟赌馆都改行停业。她对我说我唯有行为好，学业科考成功，才能使他们两老增光；又说她所受的种种苦楚，得以由我勤敏读书来酬偿。我往往眼睛半睁半闭的听。但她除遇有女客与我们同住在一个房间的时候外，罕有不施这番晨训的。

到天大明时，她才把我的衣服穿好，催我去上学。我年稍长，我总是第一个先到学堂，并且差不多每天早晨都是去敲先生的门要钥匙去开学堂的门。钥匙从门缝里递了出来。我隔一会就坐在我的座位上朗朗念书了。学堂里到薄暮才放学，届时每个学生都向朱印石刻的孔夫子大像和先生鞠躬回家。日中上课的时间平均是十二小时。

我母亲一面不许我有任何种类的儿童游戏，一面对于我建一座孔圣庙的孩子气的企图，却给我种种鼓励。我是从我同父异母的姊姊的长子，大我五岁的一个小孩那里学来的。他拿各种华丽的色纸扎了一座孔庙，使我心里羡慕。我用一个大纸匣子作为正殿，背后开了一个方洞，用一只小匣子糊上去，做了摆孔子牌位的内堂。

外殿我供了孔子的各大贤徒，并贴了些小小的匾对，书着颂扬这位大圣人的字句，其中半系录自我外甥的庙里，半系自书中抄来。在这座玩具的庙前，频频有香炷燃着。我母亲对于我这番有孩子气的虔敬也觉得欢喜，暗信孔子的神灵一定有报应，使我成为一个有名的学者，并在科考中成为一个及第的士子。

我父亲是一个经学家，也是一个严守朱熹（一一三零——一二零零）的新儒教理学的人。他对于释道两教强烈反对。我还记得见我叔父家（那是我的开蒙学堂）的门上有一张日光晒谈了的字条，写着“僧道无缘”几个字。我后来才得知道这是我父亲所遗理学家规例的一部。但是我父亲业已去世，我那彬彬儒雅的叔父，又到皖北去做了一员小吏，而我的几位哥子则都在上海。剩在家里的妇女们，对于我父亲的理学遗规，没有什么拘束了。他们遵守敬奉祖宗的常礼，并随风俗时会所趋，而自由礼神拜佛。观音菩萨是他们所最爱的神，我母亲是为了出于焦虑我的健康福祉的念头，也做了观音的虔诚信士。我记得有一次她到山上观音阁里去进香，她虽缠足，缠足是苦了一生的，在整段的山路上，还是步行来回。

我在村塾（村中共有七所）里读书。读了九年（一八九五——一九零四）。在这个期间，我读习并记诵了下列几部书：1.《孝经》：孔子后的一部经籍，作者不明。2.《小学》：一部论新儒教道德学说的书，普通谓系宋哲朱熹所作。3.《四书）：《论语》《孟子》《大学》《中庸》。4.《五经》中的四经：《诗经》《尚书》《易经》《礼记》。

我母亲对于家用向来是节省的，而付我先生的学金，却坚要比平常要多三倍。

平常学金两块银元一年，她首先便送六块钱，后又逐渐增加到十二元。由增加学金这一点小事情，我得到千百倍于上述数目比率所未能给的利益。因为那两元的学生，单单是高声朗读，用心记诵，先生从不劳神去对他讲解所记的字。独我为了有额外学金的缘故，得享受把功课中每字每句解给我听，就是将死板文字译作白话这项难得的权利。

我年还不满八岁，就能自己念书，由我二哥的提议，先生使我读《资治通鉴》。

这部书，实在是大历史家司马光于一零八四年所辑编年式的中国通史。这番读史，使我发生很大的兴趣，我不久就从事把各朝代各帝王各年号编成有韵的歌诀，以资记忆。

随后有一天，我在叔父家里的废纸箱中，偶然看见一本《水浒传》的残本，便站在箱边把它看完了。我跑遍全村，不久居然得着全部。从此以后，我读尽了本村邻村所知的小说。这些小说都是用白话或口语写的,既易了解、又有引人入胜的趣味。它们教我人生,好的也教,坏的也教,又给了我一件文艺的工具,若干年后,使我能在中国开始民众所称为“文学革命”(itengRenaissance,直译当为文艺复兴。译者)的运动。

其时,我的宗教生活经过一个特异的激变。我系生长在拜偶像的环境,习于诸神凶恶丑怪的面孔,和天堂地狱的民间传说。我十一岁时,一日,温习朱子的《小学》,这部书是我能背诵而不甚了解的。我念到这位理学家引司马光那位史家攻击天堂地狱的通俗信仰的话。这段话说:“形既朽灭,神亦飘散,虽有判烧舂磨,亦无所施。”这话好像说得很有道理,我对于死后审判的观念,就开始怀疑起来。

往后不久,我读司马光的《资治通鉴》,读到第一百三十六卷中有一段,使我成了一个无神论者。所说起的这一段,述纪元五世纪名范缜的一位哲学家,与朝众竞辩“神灭论”。朝廷当时是提倡大乘佛法的。范缜的见解,由司马光摄述为这几句话:“形者神之质地,神者形之用也。神之于形,犹利之于刃。未闻刃没而利存,岂容形灭而神在哉。”

这比司马光的形灭神散的见解——一种仍认有精神的理论——还更透彻有理。范缜根本否认精神为一种实体,谓其仅系神之用。这一番化繁为简合着我儿童的心胸。读到“朝野喧哗,难之,终不能屈”,更使我心悦。

同在那一段内,又引据范缜反对因果轮回说的事。他与竞陵工谈论,王对他说:“君不信因果,何得有富贵贫贱?”范缜答道:“人生如树花同发,随风而散;

或拂帘幌,坠茵席之上;或关篱墙,落粪溷之中。堕茵席者,殿下是也;落粪溷者,下官是也。贵贱虽复殊途,因果竟在何处?”

因果之说,由印度传来,在中国人思想生活上已成了主要部分的少数最有力的观念之一。中国古代道德家，常以善有善报，恶有恶报为训。但在现实生活上并不真确。佛教的因果优于中国果报观念的地方，就是可以躲过这个问题，将其归之于前世来世不断的轮回。

但是范缜的比喻，引起了我幼稚的幻想，使我摆脱了恶梦似的因果绝对论，这是以偶然论来对定命论。而我以十一岁的儿童就取了偶然论而叛离了运命，我在那个儿童时代是没有牵强附会的推理的，仅仅是脾性的迎拒罢了。我是我父亲的儿子，司马光和范缜又得了我的心。仅此而已。

但是这一种心境的激变，在我早年不无可笑的结果，一九零三年的新年里，我到我住在二十四里外的大姊家去拜年。在她家住了几天，我和她的儿子回家，他是来拜我母亲的年的。他家的一个长工替他挑着新年礼物。我们回到路上，经过一个亭子，供着几个奇形怪状的神像。我停下来对我外甥说："这里没有人看见，我们来把这几个菩萨抛到污泥坑里去罢。"我这带孩子气的毁坏神像主张，把我的同伴大大地吓住了。他们劝我走路，莫去惹那些本来已经濒于危境的神道。

这一天正是元宵灯节，我们到了家中，家里有许多客人，我的肚子已经饿了，开饭的时候，我外甥又劝我喝了上杯烧酒。酒在我的肚子里，便作怪起来。我不久便在院子里跑，喊月亮下来看灯。我母亲不悦，叫人来捉我。我在他们前头跑，酒力因我跑路，作用更起得快。我终被捉住，但还努力想挣脱。我母亲抱住我，不久便有许多人朝我们围拢来。

我心里害怕，便胡言乱语道起来。于是我外甥家的长工走到我母亲身边，低低地说："外婆，我想他定是精神错乱了。恐怕是神道怪了他。今天下午我们路过三门亭，他提议要把几尊菩萨抛到污泥坑里去。一定是这番话弄出来的事。"我窃听了长工的话，忽然想出一条妙计。

我喊叫得更凶，好像我就真是三门亭的一个神一样。

我母亲于是便当空焚香祷告，说我年幼无知无咎，许下如果蒙神恕我小孩子的罪过，定到亭上去烧香还愿。

这时候，得报说龙灯来了，在我们屋里的人，都急忙跑去看，只剩下我和母亲两个人。一会儿我就睡着了。母亲许的愿，显然是灵应了。一个月后，我母亲和我上外婆家去，她叫我恭恭敬敬地在三门亭还我们许下的愿。

我年甫十三，即离家上路七日，以求"新教育"于上海。自这次别离后，我于十四年之中，只省候过我母亲三次，一总同她住了大约七个月。出自她对我伟大的爱忱，她送我出门，分明没有洒过一滴眼泪就让我在这广大的世界中，独自求我自己的教育和发展，所带着的，只是一个母亲的爱，一个读书的习惯，和一点点怀疑的倾向。

我在上海过了六年（一九零四——一九一零），在美国过了七年（一九一零——一九一七）。在我停留在上海的时期内，我经历过三个学校（无一个是教会学校），一个都没有毕业，我读了当时所谓的"新教育"的基本东西，以历史、地理、英文、数学，和一点零碎的自然科学为主。从故林纾氏及其他请人的意译文字中，我初次认识一大批英国和欧洲的小说家，司各提（SCott），狄更司（Dickens），大小仲马（DU.ereetils）、嚣俄，以及托尔斯泰等氏的都在内。我读了中国上古、中古几位非儒教和新儒教哲学家的著作，并喜欢墨翟的兼爱说与老子、庄子有自然色彩的哲学。

从当代力量最大的学者梁启超氏的通俗文字中，我渐得略知霍布士、笛卡儿、卢骚、宾坦、康德、达尔文等诸泰西思想家。梁氏是一个崇拜近代西方文明的人，连续发表了些文字，坦然承认中国人以一个民族而言，对于欧洲人所具有许多良好特性，感受缺乏；显著的是注重公共道德，国家思想，爱冒险，私人权利观念与热心防其被侵，爱自由，自治能力，结合的本事与组织的努力，注意身体的培养与健康等。就是这几篇文字猛力把我以我们古旧文明为自足，除战争的武器，商业转运的工具外，没有什么要向西方求学的这种安乐梦中，震醒出来。它们开了给我，也就好像开了给几千几百别的人一样，对于世界整个的新眼界。

我又读过严复所译穆勒的《自由论》和赫胥黎的《天演论》。严氏所译赫胥黎的论著，于一八九八年就出版，并立即得到知识阶级的接受。有钱的人拿钱出来翻印新版以广流传（当时并没有版权），因为有人以达尔文的言论，尤其是它在社会上与政治上的运用，对于一个感受惰性与儒滞日久的民族，乃是一个合宜的刺激。

数年之间，许多的进化名词在当时报章杂志的文字上，就成了口头禅。无数的人，都采来做自己的和儿辈的名号，由是提醒他们国家与个人在生存竞争中消灭的祸害。向尝一度闻名的陈炯明以“竞存”为号。我有两个同学名杨天择和孙竞存。

就是我自己的名字，对于中国以进化论为时尚，也是一个证据。我请我二哥替我起个学名的那天早晨，我还记得清楚。他只想了一刻，他就说，“‘适者生存’中的‘适’字怎么样？”我表同意；先用来做笔名，最后于一九一零年就用作我的名字。

我对于达尔文与斯宾塞两氏进化假说的一些知识，很容易地与几个中国古代思想家的自然学说连了起来。例如在道家伪书《列子》所述的下面这个故事中，发现二千年前有一个一样年轻，同抱一样信仰的人，使我的童心欢悦：齐田氏祖于庭，食客千人。中坐有献鱼雁者，田氏视之，乃叹曰：“天之于民厚矣！殖五谷，生鱼鸟以为之用。”众客和之如响。鲍氏之子，年十二，预于次，进曰：“不如君言。天地万物，与我并生，类也。类无贵贱，徒以大小智力而相制，造相食，非相为而生之。人取食者而食之，岂天本为人而生之，且蚊纳哈肤，虎狼食肉，岂天本为蚊的生人，虎狼生肉者钱？”

一九零六年，我在中国公学同学中，有几位办了一个定期刊物，名《竞业旬报》，——达尔文学说通行的又一例子——其主旨在以新思想灌输于未受教育的民众，系以白话刊行。我被邀在创刊号撰搞。一年之后，我独自做编辑。我编辑这个杂志的工作不但帮助我启发运用现行口语为一种文艺工具的才能，且以明白的话语及合理的次序，想出自我幼年就已具了形式的观念和思想。在我为这个杂志所著的许多论文内，我猛力攻击人民的迷信，且坦然主张毁弃神道，兼持无神论。

一九零八年，我家因营业失败，经济大感困难。我于十七岁上，就必须供给我自己读书，兼供养家中的母亲。我有一年多停学，教授初等英文，每日授课五小时，月得修金八十元。一九一零年，我教了几个月的国文。

那几年（一九零九——一九一零）是中国历史上的黑暗时代，也是我个人历史上的黑暗时代。革命在好几省内爆发，每次都归失败。中国公学原是革命活动的中心，我在那里的旧同学参加此等密谋的实繁有徒，丧失生命的为数也不少。这班政治犯有好些来到上海与我住在一起，我们都是意气消沉，厌世悲观的。我们喝酒，作悲观的诗词，日夜谈论，且往往作没有输赢的赌博。我们甚至还请了一个老伶工来教我们唱戏。有一天早上，我作了一首诗，中有这一句：“霜浓欺日淡”！

意气消沉与执劳任役驱使我们走入了种种的流浪放荡。有一个雨夜，我喝酒喝得大醉，在镇上与巡捕角斗，把我自己弄进监里去关了一夜。到我次晨回寓，在镜中看出我脸上的血痕，就记起李白饮酒歌中的这一句:“有人用武力,任出吾身物。”(Some use might yet be made of this material born in me.这一句一时也查不出原文。)我决心脱离教书和我的这班朋友。下了一个月的苦工夫,我就前往北京投考用美国退还庚子赔款所设的学额。我考试及格,即于七月间放洋赴美。

我到美国,满怀悲观。但不久便交结了些朋友,对于那个国家和人民都很喜爱。美国人出自天真的乐观与朝气给了我很好的印象。在这个地方,似乎无一事一物不能由人类智力做得成的。我不能避免这种对于人生持有喜气的眼光的传染,数年之间,就渐渐治疗了我少年老成的态度。

我第一次去看足球比赛时,我坐在那里以哲学的态度看球赛时的粗暴及狂叫欢呼为乐。而这种狂叫欢呼在我看来,似乎是很不够大学生的尊严的。但是到竞争愈渐激烈,我也就开邮悟这种热心。随后我偶然回头望见白了头发的植物学教授劳理先生(Mr. W. W. Rowlee)诚心诚意地在欢呼狂叫,我觉得如是的自惭,以致我不久也就热心地陪着众人欢呼了。

就是在民国初年最黑暗的时期内,我还是想法子打起我的精神。在致一个华友的信里面,我说道:“除了你我自己灰心失意,以为无希望外,没有事情是无希望的。”(译意——译者。)在我的日记上,我记下些引录的句子,如引克洛浦 Clough 的这一句:“如果希望是麻醉物,恐惧就是作伪者。”又如我自己译自勃朗宁的这一节诗:从不转背而挺身向前,从不怀疑云要破裂,虽合理的弄糟,违理的占胜,而从不作迷梦的,相信我们沉而再升,败而再战,睡而再醒。

一九一四年一月,我写这一句在我的日记上:“我相信我自离开中国后,所学得的最大的事情,就是这种乐观的人生哲学了。”一九一五年,我以关于勃朗宁最优的论文得受柯生奖金。我论文的题目是《勃朗宁乐观主义辩》。我想来大半是我渐次改变了的人生观使我于替他辩护时，以一种诚信的意识来发言。

我系以在康奈耳大学做纽约农科学院的学生开始我的大学生涯。我的选择是根据了当时中国盛行的，谓中国学生须学点有用的技艺，文学、哲学是没有什么实用的这个信念。但是也有一个经济的动机。农科学院当时不收学费，我心想或许还能够把每月的月费省下一部来汇给我的母亲。

农场上的经验我一点都不曾有过，并且我的心也不在农业上。一年级的英国文学及德文课程，较之农场实习和养果学，反使我感觉兴趣。踌躇观望了一年又半，我最后转人文理学院，一次缴纳四个学期的学费，就是使我受八个月困境的处分。但是我对于我的新学科觉得更为自然，从不懊悔这番改变。

有一科《欧洲哲学史》——归故克莱顿教授那位恩师主持，——领导我以哲学做了主科。我对于英国文学与政治学也深有兴趣。康奈耳的哲学院是唯心论的重镇。在其领导之下，我读了古代近代古典派哲学家比较重要的著作，我也读过晚近唯心论者如布拉特莱，鲍森模等的作品，但是他们提出的问题从未引起我的兴趣。

一九一五年，我往哥林比亚大学，就学于杜威教授，直至一九一七年我回国之时为止。得着杜威的鼓励，我著成我的论文《先秦名学史》这篇论文，使我把中国古代哲学著作重读一遍，并立下我对于中国思想史的一切研究的基础。

我留美的七年间，我有许多课外的活动，影响我的生命和思想，说不定也与我的大学课业一样。当意气颓唐的时候，我对于基督教大感兴趣，且差不多把《圣经》读完。一九一一年夏，我出席于在宾雪凡尼亚普柯诺派思司举行的中国基督教学生会的大会做来宾时，我几乎打定主意做了基督徒。

但是我渐渐地与基督教脱离，虽则我对于其发达的历史曾多有习读，因为有好久时光我是一个信仰无抵抗主义的信徒。耶稣降生前五百年，中国哲学家老子曾传授过上善若水，水善应万物而不争。我早年接收老子的这个教训，使我大大地爱着《登山宝训》。

一九一四年，世界大战爆发，我深为比利时的命运所动，而成了一个确定的无抵抗者。我在康奈耳大同俱乐部住了三年，结交了许多各种国籍的热心朋友。受着像那士密氏和麦慈那样唯心的平和论者的影响，我自己也成了一个热心的平和论者。大学废军联盟因维腊特的提议而成立于一九一五年，我是其创办人之一。

到后来，各国际政体俱乐部成立，我在那士密氏和安格尔的领导之下，做了一个最活动的会员，且曾参加过其起首两届的年会。一九一六年，我以我的论文《国际关系中有代替武力的吗？》得受国际政体俱乐部的奖金。在这篇论文里，我阐明依据以法律为有组织的武力建立一个国际联盟的哲理。

我的平和主义与国际大同主义往往使我陷入十分麻烦的地位。日本由攻击德国在山东的领土以加人世界大战时，向世界宣布说，这些领土“终将归还中国”。我是留美华人中唯一相信这个宣言的人，并以文字辩驳说，日本于其所言，说不定是意在必行的。关于这一层，我为许多同辈的学生所嘲笑。及一九一五年日本提出有名的对华二十一条件，留美学生，人人都赞成立即与日本开战。我写了一封公开的信给《中国留美学生月报》，劝告处之以温和，持之以冷静。我为这封信受了各方面的严厉攻击，屡被斥为卖国贼。战争是因中国接受一部要求而得避免了，但德国在华领土则直至七年之后才交还中国。

我读易卜生、莫黎和赫胥黎诸氏的著作，教我思考诚实与发言诚实的重要。我读过易卜生所有的戏剧，特别爱看《人民之敌》、莫黎的《论妥协》，先由我的好友威廉思女士介绍给我，她是一直做了左右我生命最重要的精神力量。莫黎曾教我："一种主义，如果健全的话，是代表一种较大的便宜的。为了一时似是而非的便宜而将其放弃，乃是为小善而牺牲大善。疲弊时代，剥夺高贵的行为和向上的品格，再没有什么有这样拿得定的了。"

赫胥黎还更进一步教授一种理知诚实的方法。他单单是说："拿也如同可以证明我相信别的东西为合理的那种种证据来，那么我就相信人的不朽了。向我说类比和或能是说无用的。我说我相信倒转平方律时，我是知道我意何所指的，我必不把我的生命和希望放在较弱的信证上。"赫胥黎也曾说过："一个人生命中最神圣的举动，就是说出并感觉得我相信某项某项是真的。生在世上一切最大的赏，一切最重要的罚，都是系在这个举动上。"

人生最神圣的责任是努力思想得好，我就是从杜威教授学来的。或思想得不精，或思想而不严格的到它的前因后果，接受现成的整块的概念以为思想的前提，而于不知不觉间受其个人的影响，或多把个人的观念由造成结果而加以测验，在理知上都是没有责任心的。真理的一切最大的发现，历史上一切最大的灾祸，都有赖于此。

杜威给了我们一种思想的哲学，以思想为一种艺术，为一种技术。在《思维术》和《实验逻辑论文集》里面，他制出这项技术。我察中不但于实验科学上的发明为然，即于历史科学上最佳的探讨，内容的详定，文字的改造，及高等的批评等也是如此。在这种种境域内，曾由同是这个技术而得到最佳的结果。这个技术主体上是具有大胆提出假设，和（加）上诚恳留意于制裁与证实。这个实验的思想技术，堪当创造的智力这个名称，因其在运用想象机智以寻求证据，做成实验上，和在自思想有成就的结实所发出满意的结果上，实实在在是有创造性的。

奇怪之极，这种功利主义的逻辑竟使我变成了一个做历史探讨工作的人。我曾用进化的方法去思想，而这种有进化性思想习惯，就做我此后在思想史及文学工作上的成功之钥。尤更奇怪的，这个历史的思想方法并没有使我成为一个守旧的人，而时常是进步的人。例如，我在中国对于文学革命的辩论，全是根据无可否认的历史进化的事实，且一向都非我的对方所能答复得来的。

我母亲于一九一八年逝世。她的逝世，就是引导我把我在这广大世界中摸索了十四年多些的信条第一次列成条文的时机。这个信条系于一九一九年发表在以《不朽》为题的一篇文章里面。

因有找在幼童时期读书得来的学识，我早久就已摒弃了个人死后生存的观念了。好多年来，我都是以一种“三不朽”的古说为满意，这种古说我是在《春秋左氏传》里面找出来的。传记里载贤臣叔孙豹于纪元前五四八年（时孔子还只有三岁。泽者按，即鲁襄公二十四年）谓有立德、立功、立言三不朽。此三者“虽久不忘，此之谓不朽”。这种学说引动我心有如是之甚，以至我每每向我的外国朋友谈起，并给了它一个名字，叫作“三W的不朽主义”。

我母亲的逝世使我从新想到这个问题，我就开始觉得三不朽的学说有修正的必要。第一层，其弱点在太过概括一切。在这个世界上，有多少人其在德行功绩言语上的成就，其哲理上的智慧能久久不忘的呢？例如哥伦布是可以不朽了，但是他那些别的水手怎样呢？那些替他造船或供给他用具的人，那许多或由作有勇敢的思考，或由在海洋中作有成无成的探险，替他铺下道路的前导又怎样呢？简括地说，一个人应有多大的成就，才可以得不朽呢？

次一层，这个学说对于人类的行为没有消极的裁制。美德固是不朽的了，但是恶德又怎样呢？我们还要再去借重审判日或地狱之火吗？

我母亲的活动从未超出家庭间琐屑细事之外，但是她的左右力，能清清楚楚的从来吊祭她的男男女女的脸上看得出来。我检阅我已死的母亲的生平，我追忆我父亲个人对她毕生左右的力量，及其对我本身垂久的影响，我遂诚信一切事物都是不朽的。我们所做的一切什么人，我们所干的一切什么事，我们所讲的一切什么话，从在世界上某个地方自有其影响这个意义看来，都是不朽的。这个影响又将依次在别个地方有其效果，而此事又将继续人于无限的空间与时间。

正如列勃涅慈有一次所说："人人都感觉到在宇宙中所经历的一切，以及那目睹一切的人，可以从经历其他各处的事物，甚至曾经并将识别现在的事物中，解识出在时间与空间上已被移动的事物。我们是看不见一切的，但一切事物都在那里，达到无穷境无穷期。"一个人就是他所吃的东西，所以达柯塔的务农者，加利芳尼亚的种果者，以及千百万别的粮食供给者的工作，都是生活在他的身上。一个人就是他所想的东西，所以凡曾于他有所左右的人——自苏格拉底、柏拉图、孔子以至于他本区教会的牧师和抚育保姆——都是生活在他的身上。一个人也就是他所享乐的东西，所以无数美术家和以技取悦的人，无论现尚生存或久已物故，有名无名，崇高粗俗，都是生活在他的身上。诸如此类，以至于无穷。

一千四百年前，有一个人写了一篇论"神灭"的文章，被认为亵读神圣，有如是之甚，以致其君皇敕七十个大儒来相驳难，竟给其驳倒。但是五百年后，有一位史家把这篇文章在他的伟大的史籍中记了一个撮要。又过了九百年，然后有一个十一岁的小孩偶然碰到这个三十五个字的简单撮要，而这三十五个字，于埋役了一千四百年之后，突然活了起来而生活于他的身上，更由他而生活于几千几百个男男女女的身上。

一九一二年，我的母校来了一位英国讲师，发表一篇演说，（论中国建立共和的不可能）。他的演讲当时我觉得很为不通，但是我以他对于母音O的特异的发音方法为有趣，我就坐在那里摹拟以自娱。他的演说久已忘记了，但是他对于母音O的发音方法，这些年来却总与我不离，说不定现在还在我的几千百个学生的口上，而从没有觉察到是由于我对于布兰特先生的恶作剧的摹仿，而布兰特先生也是从不知道的。

两千五百年前，希马拉雅山的一个山峡里死了一个乞丐。他的尸体在路旁已在腐溃了，来了一个少年王子，看见这个怕人的景象，就从事思考起来。他想到人生及其他一切事物的无常，遂决心脱离家庭，前往旷野中去想出一个自救以救人类的方法。多年后，他从旷野里出来，做了释迦佛，而向世界宣布他所找出的拯救的方法。这样，甚至一个死丐尸体的腐溃，对于创立世界上一个最大的宗教，也曾不知不觉的贡献了其一部分。

这一个推想的线索引导我信了可以称为社会不朽的宗教，因为这个推想在大体上全系根据于社会对我的影响，日积月累而成小我，小我对于其本身是些什么，对于可以称社会、人类或大自然的那个大我有些什么施为，都留有一个抹不去的痕记这番意思。小我是会要死的，但是他还是继续存活在这个大我身上。这个大我乃是不朽的，他的一切善恶功罪，他的一切言行思想，无论是显著的或细微的，对的或不对的，有好处或有坏处——样样都是生存在其对于大我所产生的影响上。这个大我永远生存，做了无数小我胜利或失败的垂久宏大的佐证。

这个社会不朽的概念之所以比中国古代三不朽学说更为满意，就在于包括英雄圣贤，也包括贱者微者，包括美德，也包括恶德，包括功德，也包括罪孽。就是这项承认善的不朽，也承认恶的不朽，才构成这种学说道德上的许可。一个死尸的腐烂可以创立一个宗教，但也可以为患全个大陆。一个酒店侍女偶发一个议论，可以使一个波斯僧侣豁然大悟，但是一个错误的政治或社会改造议论，却可以引起几百年的杀人流血。发现一个极微的杆菌，可以福利几千百万人，但是一个害痨的人吐出的一小点痰涎，也可以害死大批的人，害死几世几代。

人所做的恶事，的确是在他们身后还存在的！就是明白承认行为的结果才构成我们道德责任的意识。小我对于较大的社会的我负有巨大的债项，把他干的什么事情，作的什么思想，做的什么人物，概行对之负起责任，乃是他的职分。人类之为现在的人类，固是由我们祖先的智行愚行所造而成，但是到我们做完了我们分内时，我们又将由人类将成为怎么样而受裁判了。我们要说，“我们之后是大灾大厄”吗？抑或要说，“我们之后是幸福无疆”吗？

一九二三年，我又得了一个时机把我的信条列成更普通的条文。地质学家丁文江氏所著，在我所主编的一个周报上发表，论《科学与人生观》的一篇文章，开始了一场用差不多延迟了一个足年的长期论战。在中国凡有点地位的思想家。全都曾参与其事。到一九二三年终，由某个善经营的出版家把这论战的文章收集起来，字数竟达二十五万。我被请为这个集子作序。我的序言给这本已繁重的文集又加了一万字，而以我所拟议的“新宇宙观和新人生观的轮廓”为结论，不过有些含有敌意的基督教会，却以恶作剧的口吻，称其为“胡适的新十诫”，我现在为其自有其价值而选择出来：（译者按：以下原系由中文译成英文，故不再译，即径录胡先生中文原文。）

（1）根据于天文学和物理学的知识，叫人知道空间的无限之大。

（2）根据于地质学及古生物学的知识，叫人知道时间的无穷之长。

（3）根据于一切科学，叫人知道宇宙及其中万物的运行变迁皆是自然的，——自己如此的，——正用不着什么超自然的主宰或造物者。

（4）根据于生物学的科学知识，叫人知道生物界的生存竞争的浪费与残酷，——因此叫人更可以明白那“有好生之德”的主宰的假设是不能成立的。

（5）根据于生物学、生理学、心理学的知识，叫人知道人不过是动物的一种；他和别种动物只有程序的差异，并无种类的区别。

（6）根据于生物的科学及人类学、人种学、社会学的知识，叫人知道生物及人类社会演进的历史和演进的原因。

（7）根据于生物的及心理的科学，叫人知道一切心理的现象都是有因的。

（8）根据于生物学及社会学的知识，叫人知道道德礼教是变迁的，而变迁的原因都是可以用科学的方法寻求出来的。

（9）则根据于新的物理化学的知识，叫人知道物质不是死的，是活的；不是静的，是动的。

（10）根据于生物学及社会学的知识，叫人知道个人——“小我”——是要死灭的，而人类——“大我”——是不死的，不朽的；叫人知道“为全种万世而生活”就是宗教，就是最高的宗教。而那些替个人谋死后的“天堂”“净土”的宗教，乃是自私自利的宗教。

我结论道：“这种新人生观是建筑在二三百年的科学常识之上的一个大假设，我们也许可以给他加上‘科学的人生观’的尊号。但为避免无谓的争论起见，我主张叫他做‘自然主义的人生观’。

“我们在那个自然的宇宙里，在那无穷之大的空间里，在那无穷之长的时间里，这个平均高五尺六寸，上寿不过百年的两手动物——人——真是一个藐乎其小的微生物了。在那个自然主义的宇宙里，天行是有常度的，物变是有自然法则的，因果的大法支配着他——人——的一切生活，生存竞争的惨剧鞭策着他的一切行为，——这个两手动物的自由真是很有限的了。

“然而那个自然主义的宇宙里的这个涉小的两手动物，却也有他的相当的地位和相当的价值。他用的两手和一个大脑，居然能做出许多器具，想出许多方法，造成一点文化。他不但驯伏了许多禽兽，他还能考究宇宙间的自然法则，利用这些法则来驾驭天行，到现在他居然能叫电气给他赶车，以太阳给他送信了。

“他的智慧的长进就是他的能力的增加。然而智慧的长进却又使他的胸襟扩大，想象力提高。他也曾拜物拜畜生，也曾怕神怕鬼，但他现在渐渐地脱离了这种种幼稚的时期，他现在渐渐明白：空间之大只增加他对于宇宙的美感；时间之长只使帅外明了祖宗创业之艰难；天行之有常只增加他制裁自然界的能力。

“甚至于因果律之笼罩一切，也并不见得束缚他的自由。因为因果律的作用，一方面使他可以由因求果，由果推因，解释过去，预测未来；一方面又使他可以运用他的智慧，创造新因，以求新果。甚至于生存竞争的观念也并不见得就使他成为一个冷酷无情的畜生，也许还可以格外增加他对于同类的同情心，格外使他深信互助的重要，格外使他注重人为的努力，以减免天然竞争的残酷与浪费。总而言之，这个自然主义的人生观里，未尝没有美，未尝没有诗意，未尝没有道德的责任，未尝没有充分运用创造的智慧的机会。”

吃 的

◎ 朱自清

提到欧洲的吃喝，谁总会想到巴黎，伦敦是算不上的。不用说别的，就说煎山药蛋吧。法国的切成小骨牌块儿，黄争争的，油汪汪的，香喷喷的；英国的“条儿”（chips）却半黄半黑，不冷不热，干干儿的什么味也没有，只可以当饱罢了。再说英国饭吃来吃去，主菜无非是煎炸牛肉排羊排骨，配上两样素菜；记得在一个人家住过四个月，只吃过一回煎小牛肝儿，算是新花样。可是菜做得简单，也有好处；材料坏容易见出，像大陆上厨子将坏东西做成好样子，在英国是不会的。大约他们自己也觉着腻味，所以一九二六那一年有一位华衣脱女士（E. White）组织了一个英国民间烹调社，搜求各市各乡的食谱，想给英国菜换点儿花样，让它好吃些。一九三一年十二月烹调社开了一回晚餐会，从十八世纪以来的食谱中选了五样菜（汤和点心在内），据说是又好吃，又不费事。这时候正是英国的国货年，所以报纸上颇为榆扬一番。可是，现在欧洲的风气，吃饭要少要快，那些陈年的老古董，怕总有些不合时宜吧。

吃饭要快，为的忙，欧洲人不能像咱们那样慢条斯理儿的，大家知道。干吗要少呢？为的卫生，固然不错，还有别的：女的男的都怕胖。女的怕胖，胖了难看；男的也爱那股标劲儿，要像个运动家。这个自然说的是中年人少年人；老头子挺着个大肚子的却有的是。欧洲人一日三餐，分量颇不一样。像德国，早晨只有咖啡面包，晚间常冷食，只有午饭重些。法国早晨是咖啡，月芽饼，午饭晚饭似乎一般分量。英国却早晚饭并重，午饭轻些。英国讲究早饭，和我国成都等处一样。有麦粥，火腿蛋，面包，茶，有时还有薰咸鱼，果子。午饭顶简单的，可以只吃一块烤面包，一杯咖啡；有些小饭店里出卖午饭盒子，是些冷鱼冷肉之类，却没有卖晚饭盒子的。

伦敦头等饭店总是法国菜，二等的有意大利菜，法国菜，瑞士菜之分；旧城馆子和茶饭店等才是本国味道。茶饭店与煎炸店其实都是小饭店的别称。茶饭店的"饭"原指的午饭，可是卖的东西并不简单，吃晚饭满成；煎炸店除了煎炸牛肉排羊排骨之外，也卖别的。头等饭店没去过，意大利的馆子却去过两家。一家在牛津街，规模很不小，晚饭时有女杂耍和跳舞。只记得那回第一道菜是生蚝之类；一种特制的盘子，边上围着七八个圆格子，每格放半个生蚝，吃起来很雅相。另一家在由斯敦路，也是个热闹地方。这家却小小的，通心细粉做得最好；将粉切成半分来长的小圈儿，用黄油煎熟了，平铺在盘儿里，洒上干酪（计司）粉，轻松鲜美，妙不可言。还有炸"搿气蚝"，鲜嫩清香，蝤蛑，瑶柱，都不能及；只有宁波的蛎黄仿佛近之。

茶饭店便宜的有三家：拉衣恩司（Lyons），快车奶房，ABC 面包房。每家都开了许多店子，遍布市内外；ABC 比较少些，也贵些，拉衣恩司最多。快车奶房炸小牛肉小牛肝和红烧鸭块都还可口；他们烧鸭块用木炭火，所以颇有中国风味。ABC 炸牛肝也可吃，但火急肝老，总差点儿事;点心烤得却好,有几件比得上北平法国面包房。拉衣恩司似乎没甚么出色的东西;但他家有两处“角店”,都在闹市转角处,那里却有好吃的。角店一是上下两大间,一是三层三大间,都可容一千五百人左右;晚上有乐队奏乐。一进去只见黑压压的坐满了人,过道处窄得可以,但是气象颇为阔大(有个英国学生讥为“穷人的宫殿”,也许不错);在那里往往找了半天站了半天才等着空位子。这三家所有的店子都用女侍者,只有两处角店里却用了些男侍者——男侍者工钱贵些。男女侍者都穿了黑制服,女的更戴上白帽子,分层招待客人。也只有在角店里才要给点小费(虽然门上标明“无小费”字样),别处这三家开的铺子里都不用给的。曾去过一处角店,烤鸡做得还入味;但是一只鸡腿就合中国一元五角,若吃鸡翅还要贵点儿。茶饭店有时备着骨牌等等,供客人消遣,可是向侍者要了玩的极少;客人多的地方,老是有人等位子,干脆就用不着备了。此外还有一些生蚝店,专吃生蚝,不便宜;一位房东太太告诉我说“不卫生”,但是吃的人也不见少。吃生蚝却不宜在夏天,所以英国人说月名中没有“R”(五六七八月),生蚝就不当令了。伦敦中国饭店也有七八家,贵贱差得很大,看地方而定。菜虽也有些高低,可都是变相的广东味儿,远不如上海新雅好。在一家广东楼要过一碗鸡肉馄饨,合中国一元六角,也够贵了。

茶饭店里可以吃到一种甜烧饼(muffin)和窝儿饼(crumd pet)。甜烧饼仿佛我们的火烧,但是没馅儿,软软的,略有甜味,好像掺了米粉做的。窝儿饼面上有好些小窝窝儿,像蜂房,比较地薄,也像参了米粉。这两样大约都是法国来的;但甜烧饼来的早,至少二百年前就有了。厨师多住在祝来巷(Drury Lane),就是那著名的戏园子的地方;从前用盘子顶在头上卖,手里摇着铃子。那时节人家都爱吃,买了来,多多抹上黄油，在客厅或饭厅壁炉上烤得热辣辣的，让油都浸进去，一口咬下来，要不沾到两边口角上。这种偷闲的生活是很有意思的。但是后来的窝儿饼浸油更容易，更香，又不太厚，太软，有咬嚼些，样式也波俏；人们渐渐地喜欢它，就少买那甜烧饼了。一位女士看了这种光景，心下难过；便写信给《泰晤士报》，为甜烧饼抱不平。《泰晤士报》特地做了一篇小社论，劝人吃甜烧饼以存古风；但对于那位女士所说的窝儿饼的坏话，却宁愿存而不论，大约那论者也是爱吃窝儿饼的。

复活节（三月）时候，人家吃煎饼（pan cake），茶饭店里也卖；这原是忏悔节（二月底）忏悔人晚饭后去教堂之前吃了好熬饿的，现在却在早晨吃了。饼薄而脆，微甜。北平中原公司卖的“胖开克”（煎饼的音译）却未免太“胖”，而且软了。——说到煎饼，想起一件事来：美国麻省勃克夏地方（Berkshire Country）有“吃煎饼竞争”的风俗，据《泰晤士报》说，一九三二的优胜者一气吃下四十二张饼，还有腊肠热咖啡。这可算“真正大肚皮”了。

英国人每日下午四时半左右要喝一回茶，就着烤面包黄油。请茶会时，自然还有别的，如火腿夹面包，生豌豆苗夹面包，茶馒头（tea scone）等等。他们很看重下午茶，几乎必不可少。又可乘此请客，比请晚饭简便省钱得多。英国人喜欢喝茶，对于喝咖啡，和法国人相反；他们也煮不好咖啡。喝的茶现在多半是印度茶；茶饭店里虽卖中国茶，但是主顾寥寥。不让利权外溢固然也有关系，可是不利于中国茶的宣传（如说制时不干净）和茶味太淡才是主要原因。印度茶色浓味苦，加上牛奶和糖正合式；中国红茶不够劲儿，可是香气好。奇怪的是茶饭店里卖的，色香味都淡得没影子。那样茶怎么会运出去，真莫名其妙。

街上偶然会碰着提着筐子卖落花生的（巴黎也有），推着四轮车卖炒栗子的，教人有故国之思。花生栗子都装好一小口袋一小口袋的，栗子车上有炭炉子，一面炒，一面装，一面卖。这些小本经纪在伦敦街上也颇古色古香，点缀一气。栗子是干炒，与我们“糖炒”的差得太多了。——英国人吃饭时也有干果，如核桃，榛子，榧子，还有巴西乌菱（原名Brazilds，巴西出产，中国通称“美国乌菱”），乌菱实大而肥，香脆爽口，运到中国的太干，便不大好。他们专有一种干果夹，像钳子，将干果夹进去，使劲一握夹子柄，“格”的一声，皮壳碎裂，有些蹦到远处，也好玩儿的。苏州有瓜子夹，像剪刀，却只透着玲珑小巧，用不上劲儿去。

第三辑

那座山，虎啸龙吟

我虽然从小生活在北京，对北京的一草一木都无比熟悉。此次归来，我却不再是过去的那个我了，怀里那么多藏北的风雪，强烈地撞击着心脏。我对这个巨大的都市，感觉陌生。我到过这个国家最偏远最荒凉的地方，在横贯整个中国的旅行中，我知道了它的富饶与贫瘠。我在妖娆的霓虹灯中行走，身旁会突然显现白茫茫的雪原。在文明的喧哗与躁动之间，我倾听到遥远的西部有一座山在虎啸龙吟……

关于父子

◎ 贾平凹

作为男人的一生，是儿子也是父亲。前半生儿子是父亲的影子，后半生父亲是儿子的影子。

一个儿子酷像他的父亲，做父亲的就要得意了。世上有了一个小小的自己的复制品，时时对着欣赏，如镜中的花水中的月，这无疑比仅仅是个儿子自豪得多。我们常常遇到这样的事，一个朋友已经去世几十年了，忽一日早上又见着了他，忍不住就叫了他的名字，当然知道这是他的儿子，但能不由此而企羡起这一种生生不灭、永存于世的境界吗？

做父亲的都希望自己的儿子像蛇脱皮一样的始终是自己，但儿子却相当多愿意像蝉蜕壳似的裂变。一个朋友给我说，他的儿子小时候最高兴的是让他牵着逛大街，现在才读小学三年级，就不愿意同他一块出门了，因为嫌他胖得难看。

中国的传统里，有“严父慈母”之说，所以在初为人父时可以对任何事情宽容放任，对儿子却一派严厉，少言语，多板脸，动辄吼叫挥拳。我们在每个家庭都能听到对儿子以“匪”字来下评语和“小心剥了你的皮”

的警告，他们常要把在外边的怄气回来发泄到儿子身上，如受了领导的压制，挨了同事的排挤，甚至丢了一串钥匙，输了一盘棋。儿子在那时没力气回打，又没多少词汇能骂，经济不独立，逃出家去更得饿死，除了承接打骂外唯独是哭，但常常又是不准哭，也就不敢再哭。偶尔对儿子亲热了，原因又多是自己有了什么喜事，要把一个喜事让儿子酝酿扩大成两个喜事。

在整个的少年，儿子可以随便呼喊国家主席的小名，却不敢俏声说出父亲的大号的。我的邻居名叫“张有余”，他的儿子就从不说出“鱼”来，饭桌上的鱼就只好说吃“蛤蟆”，于是小儿骂仗，只要说出对方父亲的名字就算是恶毒的大骂了。可是每一个人的经验里，却都在记忆的深处牢记着一次父亲严打的历史，耿耿于怀，到晚年说出来仍愤愤不平。所以在乡下，甚至在眼下的城市，儿子很多都不愿同父亲呆在一起，他们往往是相对无言。我们总是发现父亲对儿子的评价不准，不是说儿子“呆”，就是说他“痴相”，以至儿子成就了事业或成了名人，他还是惊疑不信。

可以说，儿子与父亲的矛盾是从儿子一出世就有了，他首先使父亲的妻子的爱心转移，再就是向你讨吃讨喝以至意见相惹你生气，最后又亲手将父亲埋葬。古语讲，男当十二替父志，儿子从十二岁起父亲就慢慢衰退了，所以做父亲的从小严打儿子，这恐怕是冥冥之中的一种人之生命本源里的嫉妒意识。若以此推想，女人的伟大就在于从中调和父与子的矛盾了。世界上如果只有大男人和小男人，其实就是凶残的野兽，上帝将女人分为老女人和小女人派下来就是要掌管这些男人的。

只有在儿子开始做了父亲，这父亲才有觉悟对自己的父亲好起来，可以与父亲在一条凳子上坐下，可以跷二郎腿，共同地衔一支烟吸，共同拔下巴上的胡须。但是,做父亲的已经丧失了一个男人在家中的真正权势后,对于儿子的能促膝相谈的态度却很有几分苦楚,或许明白这如同一个得胜的将军盛情款待一个败将只能显得人家宽大为怀一样,儿子的恭敬即使出自真诚,父亲在本能的潜意识了仍觉得这是一种耻辱,于是他开始钟爱起孙子了。

这种转变皆是不经意的,不会被清醒察觉的。父亲钟爱起了孙子,便与孙子没有辈分,嬉闹无序,孙子可以嘲笑他的爱吃爆豆却没牙咬动的嘴,在厕所比试谁尿得远,自然是爷爷尿湿了鞋而被孙子拔一根胡子来惩罚了。他们同辈人在一块,如同婆婆门在一块数说儿媳一样述说儿子的不是,完全变成了长舌男,只有孙子来,最喜欢的也最能表现亲近的是动手去摸孙子的“小雀雀”。这似乎成了一种习惯,且不说这里边有多少人生的深沉的感慨、失望和向往,但现在一见孩子就要去摸简直是唯一的逗乐了。这样的场面,往往使做儿子的感到了悲凉,在孙子不成体统地与爷爷戏谑中就要打伐自己的儿子,但父亲却在这一刻里凶如老狼,开始无以复加地骂儿子,把积聚于肚子里的所有的不满全要骂出来,真骂个天昏地暗。

但爷爷对孙子不论怎样地好,孙子都是不记恩的。孙子在初为人儿时实在也是贱物,他放着是爷爷的心肝不领情而偏要作父亲的扁桃体,于父亲是多余的一丸肉,又替父亲抵抗着身上的病毒。孙子没有一个永远记着他的爷爷的,由此,有人强调要生男孩能延续家脉的学说就值得可笑了。试问,谁能记得他的先人什么模样又叫什么名字呢,最了不得的是四世同堂能知道他的爷爷、老爷爷罢了,那么,既然后人连老爷爷都不知何人,那老爷爷的那一辈人一个有男孩传脉,

一个没男孩传脉,价值不是一样的吗?话又说回来,要你传种接

脉，你明白这其中的玄秘吗？这正如吃饭是繁重的活计，不但要吃，吃的要耕要种要收要磨，吃时要咬要嚼要消化要拉泄，要你完成这一系列任务，就生一个食之欲给你，生育是繁苦的劳作，要性交要怀胎要生产要养活，要你完成这一系列任务就生一个性之欲给你，原来上帝在造人时玩的是让人占小利吃大亏的伎俩！而生育比吃饭更繁重辛劳，故有了一种欲之快乐后还要再加一种不能断香火的意识，于是，人就这么傻乎乎地自得起乐地繁衍着。唉唉，这话让我该怎么说呀，还是只说关于父子的话吧。

我说，作为男人的一生，是儿子也是父亲。前半生儿子是父亲的影子，后半生父亲是儿子的影子。前半生儿子对父亲不满，后半生父亲对儿子不满，这如婆婆和媳妇的关系，一代一代的媳妇都在埋怨婆婆，你也是媳妇你也是婆婆你埋怨你自己。我有时想，为什么上帝不让父亲永远是父亲，儿子永远是儿子，人数永远是固定着，儿子那就甘为人儿地永远安分了呢？但上帝偏不这样，一定是认为这样一直不死的下去虽父子没了矛盾而父与父的矛盾就又太多了。所以要重换一层人，可是人换一层还是不好，又换，就反反复复换了下去。那么，换来换去还是这些人了！可不是吗，如果不停地生人死人，人死后据说灵魂又不灭，那这个世界里到处该是幽魂，我们抬脚动手就要碰撞他们或者他们碰撞了我们。不是的，决不是这样的，一定还是那些有数的人在换着而重新排列罢了。

记得有一个理论是说世上的有些东西并不存在着什么优劣，而质量的秘诀全在于秩序排列，石墨和金刚石其构成的分子相同，而排列的秩序不一，质量截然两样。聪明人和蠢笨人之所以聪明蠢笨也在于细胞排列的秩序不同。哦，不是有许多英雄和盗匪在被枪杀时大叫“二十年又一个×××吗”？着英雄和盗匪可能是看透了人的玄机的。所以我认为一代一代的人是上帝在一次次重新排列了推倒世界上来的，如果认为那怎么现在比过去人多，也一定是仅仅将原有的人分劈开来，各占性格的一个侧面一个特点罢了，那么你曾经是我的父亲，我的儿子何尝又不会是你，父亲和儿子原本是没有什么区别的。明白了这一点多好呀，现时为人父的你还能再专制你的儿子吗？现时为人儿的你还能再怨恨现时你的父亲吗？不，不，还是这一世人民主、和平、仁爱地活着为好，好！

世界上再也没有原来的王玉英了。

那座山，虎啸龙吟

◎ 毕淑敏

我16岁的时候，离开北京，穿上军装。火车不断地向西向西。到了新疆的乌鲁木齐。又换上汽车向西向西在茫茫戈壁上奔跑了6天以后，到达南疆重镇喀什。这一次汽车不是向地面上的哪个方向行驶了，而是向“天上”爬去。又经历了6天无与伦比的颠簸，我作为藏北某部队第一批女兵5个人当中的一员，到达了这块共和国最高的土地。这块土地是喜马拉雅山、冈底斯山和喀喇昆仑山聚合的地方，平均高度在海拔5000米以上，它有一个奇怪的名字，叫作“阿里”。

没有人知道“阿里”是什么意思。我曾经问过博学的藏学家，也没能给一个明晰的回答，只是说这个词汇可能属于一个早已消亡了的语系。于是我就沿用了一个我在阿里搜集到的民间传说：阿里的意思是“我的”。

“我的”什么呢？我的高原？我的山川？我的牦牛和我的盐巴？我的清澈的湖泊和险恶的风暴？不知道。人类的远祖用我们不懂的语言，为我们留下了一个永恒的谜。

也许在先民们眼中，所有的一切都是有灵性的，它们都在呼喊着“我的”。从北京来到西藏的阿里当兵，严酷的自然环境将我震撼。所有的日子都被严寒冻硬，绿色成为遥远而模糊的幻影。

吃的是脱水菜，像纸片一样干燥的洋葱皮，在雪水的浸泡下，膨胀成赭色的浆团，炒或熬以后，一种辛辣而懊恼的气味充斥军营。

即使在日历上最炎热的夏季，你也绝不可以脱下棉衣，否则夜里所有的关节就会嘎嘎作响。

由于缺乏维生素，我的嘴唇像兔子一样裂开了，讲话的时候就会有红红的血珠掉下来。这是很不雅的事情，我就去问老医生怎样才能治好嘴唇？医生想了半天，说你要大量地吃维生素。我说吃啦，每天都吃一大把，足足有20多片呢！可我的嘴唇为什么还是长不拢？医生说那就是你说话太多了，紧紧地闭一个星期的嘴巴，你的嘴唇就长好了。我说，那可不行，我是卫生员的班长，就算跟伙伴们可以不说话，跟病人也是要讲话的……老医生表示爱莫能助。

后来我的嘴唇还是我自己治好的。夜里睡觉的时候，用胶布把自己的嘴巴给粘起来，强迫裂开的口子靠在一起，白天撕开照常讲话。坚持了一段时间。在某一个清晨就好了。

由于缺氧，我的指甲猛烈地凹陷下去，像一个搅拌咖啡的小勺。年轻的女孩就是爱斗嘴，有一天，女卫生员争论起谁的指甲凹得最厉害，最后决定用注射器针头往指甲坑里注水，一滴滴往下灌，水的滴数多而不流淌溢出者为胜。记得我荣登榜首。好像是贮藏了好多滴水吧，在指甲的中心凝聚得圆圆的，像一颗巨大的露珠。我在藏北高原当了十几年的兵，把自己最宝贵的青年时代留在了冰川与雪岭之间。我曾经背负武器、红十字箱、干粮、行军帐篷，徒步跋涉在无人区。也曾骑马涉过冰河，疾驰在雪原，给藏族老乡送医送药。

我曾在万古不化的寒冰上，铺一张雨布席地而眠。初次这样露营时，我想，醒来身体还不得泊在一片汪洋之中？我真是高估了人体的微薄热量。黎明，当我掀开雨布查看时，只见雪原依旧，连个人形的凹陷都没有。除了双膝像凝固般的疼痛，一切都很正常。攀越海拔6000多米的高山时，心脏仿佛在胸膛炸成碎片，要随着急遽的呼吸迸溅出嘴巴。仰望云雾缭绕的顶峰，俯视脚下深不可测的渊薮，只有17岁的我，第一次想到了死。

我想这样爬上去太苦难了，干脆装着一失脚，掉下悬崖……没有人会发现我是故意这样做的，在如此险恶的行军中，死人的事经常发生。我牺牲于军事行动，也要算作小小的烈士，这样我的父母也会有一份光荣……

我把一切都周密地盘算好了，只需找一块陡峭的峭壁实施自戕的方案。片刻之后，地方选好了。那是一处很美丽的山崖，天像纯蓝墨水一样浓郁地凝结着，有凝然不动的苍鹰像图钉似地锲人苍天。这里的积雪比较薄，赭色的山岩像礁石一般浮出雪原……（我知道要找一块山石狰狞的地方下手，否则叫厚雪一垫，很可能功亏一篑）。

一切都策划好了，但是我遇到了最大的困难。我的脚不听我的指挥，想让右脚腾空，可是它紧紧地用脚趾抠住毛皮鞋底儿，鞋底儿粘在酷寒的土地上，丝毫不肯像我计划的那样飞翔而起……我转而命令左脚，它倒是抬起来了，可它不是向下滑动，而是挣扎着向上挪去……青春的肌体不服从我的死亡指令，各部分零件出于本能，居然独自求生……

那一瞬我苦恼之极，生也不成，死也不成，生命为何如此苛待于我？

一个老兵牵着咻咻吐白气的马走过来，他是负责后卫收容的。他说，曼巴（藏语：医生），拉着我的马尾巴吧，它会把你带到山顶。我看了一眼马毛被汗湿成一缕缕绳子样的军马，它背上驮着掉队者的背包干粮和武器，已是不堪重负。

不。我不。我说。

老兵痛惜地看着我说，你是不是怕它扬起后蹄踢了你？放心吧，它没有那个劲了。在这么陡的山上。它再累也不敢踢你。只要它的蹄子一松劲，就得滚到峡谷里去。它是老马了，懂得这个厉害。你就大着胆子揪它的尾巴吧。

我迟疑着。久久没有揪那条马尾。

不是害怕马，甚至也不是怜悯马。我在考虑自己的尊严。

一个战士，揪着马尾巴攀越雪山。这是不是比死还让人难堪？

我的意志做出一个回答，生存的本能做出另一个回答。

意志终于在本能面前屈服，我伸出手，揪住了马尾巴……

我的瞳孔看到许多年轻的生命，永远留在了万水千山之间。他们发生过悲凉或欣喜的故事，被呼啸的山风卷得漫无边际。我为一个20岁的班长换过尸衣，脱下被血染红的军装，清理他口袋里的遗物。他兜里装着几块水果糖，纸都磨光了，糖块像个斑驳的小乌龟，沾着他的血迹……我一点都不害怕，因为我的兜里也有和他一样的水果糖，这件小小的物品使我觉得他是兄弟。

我们把他肚子上覆盖的铁瓷碗取下来。碗里扣着的，是他流出的肠子——敌人的子弹贯穿了他的腹腔。严寒使掉出的肠管变得像水泥一样坚硬，没有办法再填回他的肚子里去了。

我们给他换上崭新的军装，把风纪扣严严实实地系好。除了他的腰间因为膨出的肠子，扎了皮带也显得有些臃肿，真是一个精干的小伙子呢。

趁人不注意，我在他的衣兜里又放上了几块水果糖，我不敢让别人知道，因为老兵们一定会笑话我的，他们把生生死死看得像蚕蜕皮一样正常。但我真的觉得，这个班长很需要这几块水果糖。糖是我特意挑的，每一块糖纸都很完整，硬挺地支楞着，像一种干果的翅膀。

那个班长被安葬在阿里高原，距今已经有20多年了。我想他身边的永冻层中，该有一小块泥土微微发甜。他在晴朗的月夜，也许会伸出舌头尝一尝吧？

1980年我转业到北京，结婚、生子，操持家务……一个女人来到这个世界上该干的事情，我都很认真地做了。贤妻良母好医生，这是人们众口一词的评价。对一个30岁的医生来说，你还需要什么？

按说是不需要什么了，我应该安安静静地沿着命运已经勾勒的轨道，盘旋下去。但是，我虽然从小生活在北京，对北京的一草一木都无比熟悉。此次归来，我却不再是过去的那个我了，怀里那么多藏北的风雪，强烈地撞击着心脏。我对这个巨大的都市，感觉陌生。

我到过这个国家最偏远最荒凉的地方，在横贯整个中国的旅行中，我知道了它的富饶与贫瘠。我在妖娆的霓虹灯中行走，身旁会突然显现白茫茫的雪原。在文明的喧哗与躁动之间，我倾听到遥远的西部有一座山在虎啸龙吟……

我的父亲是一个很聪明的人，而且在文学艺术方面有很好的天赋。只是由于他们那一代人所处的环境，使他戎马一生，始终未能从事文学。我从他的目光里看到了期望，我决定一试。

但我除了爱看小说以外，从未经过正规的文学训练。

我决定先系统地学习。恰巧这时北京广播电视大学中文系招收自学生,不必到校听课,只要在规定的日子里参加考试,取得了相应的学分,就可以毕业了。

我开始了偷偷的学习。为什么要偷偷的呢？我总觉得一个医生要学着写小说,是件不正常的事情。你想啊,医生是和人的性命打交道的职业,谁愿意把自己的命交到一个三心二意的人手里？虽说我在上班看病的时候,绝对全神贯注,但我仍为自己的自学感到惭愧。

人们知道了我的自学,仍然找我看病,我真的是一个很有人缘的内科主治医生。但是病人们说,毕大夫,你这是何苦呢？你不是有了医学的大专文凭吗？这如今图的什么呢？我无法回答。

一个微茫的希望在远方磷火般地闪动。我想用我的笔,告诉世人一些风景和故事。我想让我的父母惊喜。

在一年半的时间里,我学完了大学中文系的所有课程,以毕业论文"优"的成绩结束了自学。于是在一个普通的日子,我铺开了一张洁白的纸。那是在深夜的内科值班室,轮到我值班,恰好没有病人。

日光灯管发出嘶嘶的叫声,四周一派寂静。记忆在蛰伏了多少年后苏醒,将高原的生命与鲜血铺陈于我面前。

我的处女作中篇小说《昆仑殇》在不到一周内完成了。

从那以后,我写了大约100多万字的作品,获得了多次的文学奖。

我写了高原严酷的军旅生活,也写了贫民百姓的酸甜苦辣。我的笔触有时涉及女性微妙的心理,有时也探讨经济领域眼花缭乱的现象……我是一个写作题材比较宽泛的作家,写作的时候心绪比较收松。我总想,自己原本是个医生,因为有话要说,才拿起笔来。假如有一天,我的话说完了,就回去当医生,治病救人,也是很神圣的。

我后来又读了文学专业的研究生,得到了硕士学位。现在是中国有色金属工业总公司专业作家。之所以暂时的不当医生了，主要还是为了对病人负责。一边看病一边写作，无论自己多么在意，有时也难免分神。影响了写作不要紧，耽误了病人就糟了。告别医院的那一天，我心里好忧伤，有一种流离失所的凄凉……医生和作家都是与人为善的事业，可叹我在同一个时间内只可选择其一。

我的父亲已经仙逝。他的眼睛在天上注视着我，更使我有一种无法逃遁的庄严感。

为了西部那座美轮美奂的雪山，为了我的父母殷殷的期望，我将努力写作；直到我无法胜任这一神圣的工作时为止。

鉴赏家

◎ 汪曾祺

全县第一个大画家是季匋民，第一个鉴赏家是叶三。

叶三是个卖果子的。他这个卖果子的和别的卖果子的不一样。不是开铺子的，不是摆摊的，也不是挑着担子走街串巷的。他专给大宅门送果子。也就是给二三十家送。这些人家他走得很熟，看门的和狗都认识他。到了一定的日子，他就来了。里面听到他敲门的声音，就知道：是叶三。挎着一个金丝篾篮，篮子上插一把小秤，他走进堂屋，扬声称呼主人。主人有时走出来跟他见见面，有时就隔着房门说话。“给您称——？”——“五斤。”什么果子，是看也不用看的，因为到了什么节令送什么果子都是一定的。叶三卖果子从不说价。买果子的人家也总不会亏待他。有的人家当时就给钱，大多数是到节下（端午、中秋、新年）再说。

叶三把果子称好，放在八仙桌上，道一声“得罪”，就走了。他的果子不用挑，个个都是好的。他的果子的好处，第一是得四时之先。市上还没有见这种果子，他的篮子里已经有了。第二是都很大，都均匀，很香，很甜，很好看。他的果子全都从他手里过过，有疤的、有虫眼的、挤筐、破皮、变色、过小的全都剔下来，贱价卖给别的果贩。他的果子都是原装，有些是直接到产地采办来的，都是“树熟”，——不是在米糠里闷熟了的。他经常出外，出去买果子比他卖果子的时间要多得多。他也很喜欢到处跑。四乡八镇，哪个园子里，什么人家，有一棵什么出名的好果树，他都知道，而且和园主打了多年交道，熟得像是亲家一样了。——别的卖果子的下不了这样的功夫，也不知道这些路道。到处走，能看很多好景致，知道各地乡风，可资谈助，对身体也好。他很少得病，就是因为路走得多。

立春前后，卖青萝卜。“棒打萝卜”，摔在地下就裂开了。杏子、桃子下来时卖鸡蛋大的香白杏，白得像一团雪，只嘴儿以下有一根红线的“一线红”蜜桃。再下来是樱桃，红的像珊瑚，白的像玛瑙。端午前后，枇杷。夏天卖瓜。七八月卖河鲜：鲜菱、鸡头、莲蓬、花下藕。卖马牙枣、卖葡萄。重阳近了，卖梨：河间府的鸭梨、莱阳的半斤酥，还有一种叫作“黄金坠子”的香气扑人个儿不大的甜梨。菊花开过了，卖金橘，卖蒂部起脐子的福州蜜橘。入冬以后，卖栗子、卖山药（粗如小儿臂）、卖百合（大如拳）、卖碧绿生鲜的檀香橄榄。

他还卖佛手、香橼。人家买去，配架装盘，书斋清供，闻香观赏。

不少深居简出的人，是看到叶三送来的果子，才想起现在是什么节令了的。

叶三卖了三十多年果子，他的两个儿子都成人了。他们都是学布店的，都出了师了。老二是三柜，老大已经升为二柜了。谁都认为老大将来是会升为头柜，并且会当管事的。他天生是一块好材料。他是店里头一把算盘，年终结总时总得由他坐在账房里哔哔剥剥打好几天。

接待厂家的客人，研究进货（进货是个大学问，是一年的大计，下年多进哪路货，少进哪路货，哪些必须常备，哪些可以试销，关系全年的盈亏），都少不了他。老二也很能干。量布、撕布（撕布不用剪子开口，两手的两个指头夹着，借一点巧劲，嗤——的一声，布就撕到头了），干净利落。

店伙的动作快慢，也是一个布店的招牌。顾客总愿意从手脚麻利的店伙手里买布。这是天分，也靠练习。有人就一辈子都是迟钝笨拙，改不过来。不管干哪一行，都是人比人，这是没有办法的事。弟兄俩都长得很神气，眉清目秀，不高不矮。布店的店伙穿得都很好。什么料子时新，他们就穿什么料子。他们的衣料当然是价廉物美的。他们买衣料是按进货价算的，不加利润；若是零头，还有折扣。这是布店的规矩，也是老板乐为之的，因为店伙穿得时髦，也是给店里装门面的事。有的顾客来买布，常常指着店伙的长衫或翻在外面的短衫的袖子："照你这样的，给我来一件。"

弟兄俩都已经成了家，老大已经有一个孩子，——叶三抱孙子了。

这年是叶三五十岁整生日，一家子商量怎么给老爷子做寿。老大老二都提出爹不要走宅门卖果子了，他们养得起他。叶三有点生气了：

"嫌我给你们丢人？两位大布店的'先生'，有一个卖果子的老爹，不好看？"

儿子连忙解释：

"不是的。你老人家岁数大了，老在外面跑，风里雨里，水路旱路，做儿子的心里不安。"

"我跑惯了。我给这些人家送惯了果子。就为了季四太爷一个人，我也得卖果子。"

季四太爷即季匋民。他大排行是老四，城里人都称之为四太爷。

“你们也不用给我做什么寿。你们要是有孝心，把四太爷送我的画拿出去裱了，再给我打一口寿材。”这里有这样一种风俗，早早就把寿材准备下了，为的讨个吉利：添福添寿。于是就都依了他。

叶三还是卖果子。

他真是为了季匋民一个人卖果子的。他给别人家送果子是为了挣钱，他给季匋民送果子是为了爱他的画。季匋民有一个脾气，一边画画，一边喝酒。喝酒不就菜，就水果。画两笔，凑着壶嘴喝一大口酒，左手拈一片水果，右手执笔接着画。画一张画要喝二斤花雕，吃斤半水果。

叶三搜罗到最好的水果，总是首先给季匋民送去。

季匋民每天一起来就走进他的小书房——画室。叶三不须通报，由一个小六角门进去，走过一条碎石铺成的冰花曲径，隔窗看见季匋民，就提着、捧着他的鲜果走进去。“四太爷，枇杷，白沙的！”

“四太爷，东墩的西瓜，三白！——这种三白瓜有点梨花香味，别处没有！”

他给季匋民送果子，一来就是半天。他给季匋民磨墨、漂朱膘、研石青石绿、抻纸。季匋民画的时候，他站在旁边很入神地看，专心致意，连大气都不出。有时看到精彩处，就情不自禁的深深吸一口气，甚至小声地惊呼起来。凡是叶三吸气、惊呼的地方，也正是季匋民的得意之笔。季匋民从不当众作画，他画画有时是把书房门锁起来的。对叶三可例外，他很愿意有这样一个人在旁边看着，他认为叶三真懂，叶三的赞赏是出于肺腑，不是假充内行，也不是谀媚。

季匋民最讨厌听人谈画。他很少到亲戚家应酬。实在不得不去的，他也是到一到，喝半盏茶就道别。因为席间必有一些假名士高谈阔论，因为季匋民是大画家，这些名士就特别爱在他面前评书论画，借以卖弄自己高雅博学。这种议论全都是道听途说，似通不通。季匋民听了，实在难受。他还知道，他如果随声答音，应付几句，某一名士就会在别在应酬场所重贩他的高论，且说："兄弟此言，季匋民亦深为首肯。"但是他对叶三另眼相看。

季匋民最佩服李复堂。他认为扬州八怪里复堂功力最深，大幅小品都好，有笔有墨，也奔放，也严谨，也浑厚，也秀润，而且不装模作样，没有江湖气。有一天叶三给他送来四开李复堂的册页，使季匋民大吃一惊：这四开册页是真的！季匋民问他是多少钱买的，叶三说没花钱。他到三垛贩果子，看见一家的柜橱的玻璃里镶了四幅画，——他在四太爷这里看过624汪曾祺作品自选集李复堂，名鱓，字宗扬，复堂是他的号，又号懊道人。他是康熙年间的举人，当过滕县知县，因为得罪上级，功名和官都被革掉了，终年只作画师。他作画有时得向郑板桥去借纸，大概是相当穷困的。他本画工笔，是宫廷画家蒋廷锡的高足。后到扬州，改画写意，师法高其佩，受徐青藤、八大、石涛的影响，风度大变，自成一家。

不少李复堂的画，能辨认，他用四张"苏州片"跟那家换了。

"苏州片"花花绿绿的，又是簇新的，那家还很高兴。叶三只是从心里喜欢画，他从不瞎评论。季匋民画完了画，钉在壁上，自己负手远看，有时会问叶三："好不好？"

"好！"

"好在哪里？"

叶三大都能一句话说出好在何处。

季匋民画了一幅紫藤，问叶三。

叶三说："紫藤里有风。"

“唔！你怎么知道？”

“花是乱的。”

“对极了！”

季匋民提笔题了两句词：“深院悄无人，风拂紫藤花乱。”

季匋民画了一张小品，老鼠上灯台。叶三说：“这是一只小老鼠。”

“何以见得。”

“老鼠把尾巴卷在灯台柱上。它很顽皮。”

“对！”

季匋民最爱画荷花。他画的都是墨荷。他佩服李复堂，但是画风和复堂不似。李画多凝重，季匋民飘逸。李画多用中锋，季匋民微用侧笔，——他写字写的是章草。李复堂有时水墨淋漓，粗头乱服，意在笔先；季匋民没有那样的恣悍，他的画是大写意，但总是笔意俱到，收拾得很干净，而且笔致疏朗，善于利用空白。他的墨荷参用了张大千，但更为舒展。他画的荷叶不勾筋，荷梗不点刺，且喜作长幅，荷梗甚长，一笔到底。

有一天，叶三送了一大把莲蓬来，季匋民一高兴，画了一幅墨荷，好些莲蓬。画完了，问叶三：“如何？”叶三说：“四太爷，你这画不对。”

“不对？”

“‘红花莲子白花藕’。你画的是白荷花，莲蓬却这样大，莲子饱，墨色也深，这是红荷花的莲子。”

“是吗？我头一回听见！”

季匋民于是展开一张八尺生宣，画了一张红莲花，题了一首诗：

“红花莲子白花藕，果贩叶三是我师。

惭愧画家少见识，

为君破例著胭脂。”

季匋民送了叶三很多画。——有时季匋民画了一张画，不满意，团掉了。叶三捡起来，过些日子送给季匋民看看，季匋民觉得也还不错，就略改改，加了题，又送给了叶三。季匋民送给叶三的画都是题了上款的。叶三也有个学名。他五行缺水，起名润生。季匋民给他起了个字，叫泽之。送给叶三的画上，常题“泽之三兄雅正”。有时迳题“画与叶三”。季匋民还向他解释：以排行称呼，是古人风气，不是看不起他。有时季匋民给叶三画了画，说：“这张不题上款吧，你可以拿去卖钱，——有上款不好卖。”

叶三说：“题不题上款都行。不过您的画我不卖。”“不卖？”

“一张也不卖？”

他把季匋民送他的画都放在他的棺材里。

十多年过去了。

季匋民死了。叶三已经不卖果子，但是他四季八节，还四处寻觅鲜果，到季匋民坟上供一供。

季匋民死后，他的画价大增。日本有人专门收藏他的画。大家知道叶三手里有很多季匋民的画，都是精品。很多人想买叶三的藏画。叶三说：“不卖。”

有一天有一个外地人来拜望叶三，叶三看了他的名片，这人的姓很奇怪，姓“辻”，叫“辻听涛”。一问，是日本人。

辻听涛说他是专程来看他收藏的季匋民的画的。

因为是远道来的，叶三只得把画拿出来。辻听涛非常虔诚，要了清水洗了手，焚了一炷香，还先对画轴拜了三拜，然后才展开。他一边看，一边不停地赞叹：“喔！喔！真好！真是神品！”

辻听涛要买这些画，要多少钱都行。

叶三说：

“不卖。”

辻听涛只好怅然而去。

叶三死了。他的儿子遵照父亲的遗嘱，把季匋民的画和父亲一起装在棺材里，埋了。

《雅舍谈吃》

◎ 梁实秋

鱼　丸

初到台湾，见推车小贩卖鱼丸，现煮现卖，热腾腾的。一碗两颗，相当大。一口咬下去，不大对劲，相当结实。丸与汤的颜色是混浊的，微呈灰色，但是滋味不错。

我母亲是杭州人，善做南方口味的菜，但不肯轻易下厨，若是偶然操动刀俎，也是在里面小跨院露天升起小火炉自设锅灶。每逢我父亲一时高兴从事单菜市买来一条欢蹦乱跳的活鱼，必定亲手交给母亲，说："特烦处理一下。"就好像是绅商特烦名角上演似的。母亲一看是条一尺开外的大活鱼，眉头一皱，只好勉为其难，因为杀鱼不是一件愉快的事。母亲说，这鱼太活了，宜做鱼丸。但是不忍心下手宰它。我二姊说："我来杀。"从屋里拿出一根门闩。鱼在石几上躺着，一杠子打下去未中要害，鱼是滑的，打了一个挺，跃起一丈多高，落在房檐上了。于是大家笑成一团，搬梯子，上房，捉到鱼便从房上直摔下来，摔了个半死，这才从容开膛清洗。幼时这一幕闹剧印象太深，一提起鱼丸就回忆起来。

做鱼丸的鱼必须是活鱼，选肉厚而刺少的鱼。像花鲢就很好，我母亲叫它做厚鱼，又叫它做纹鱼，不知这是不是方言。剖鱼为两片，先取一片钉其头部于木墩之上，用刀徐徐斜着刃刮其肉，肉乃成泥状，不时地从刀刃上抹下来置碗中。两片都刮完，差不多有一碗鱼肉泥。加少许盐，少许水，挤姜汁于其中，用几根竹筷打，打得越久越好，打成糊状。不需要加蛋白，鱼不活才加蛋白。

下一步骤是煮一锅开水，移锅止沸，急速用羹匙舀鱼泥，用手一抹，入水成丸，丸不会成圆球形，因为无法搓得圆，连成数丸，移锅使沸，俟鱼丸变色即是八九分熟，捞出置碗内，再继续制作。手法要快，沸水要控制得宜，否则鱼泥有入水涣散不可收拾之虞。煮鱼丸的汤本身即很鲜美，不需高汤。将做好的鱼丸倾入汤内煮沸，洒上一些葱花或嫩豆苗，即可盛在大碗内上桌。当然鱼丸也可红烧，究不如清汤本色，这样做出的鱼丸嫩得像豆腐。

湖北是鱼产丰饶的地方，抗战时我在汉口停留过一阵，听说有个鱼大王，能做鱼全席，我不曾见识。不过他家的鱼面吃过一碗，确属不凡。十几年前，友人高鸿绪先生，他是湖北人，以其夫人新制鱼丸见贻，连鱼丸带汤带锅，滚烫滚烫的，喷香喷香的，我连吃了三天，齿颊留芬。如今高先生早已作古，空余旧事萦绕心头！

腊　肉

腊肉就是经过制炼的腌肉，到了腊尾春头的时候拿出来吃，所以叫作腊肉。普通的暴腌咸肉，或所谓“家乡肉”，不能算是腊肉。

湖南的腊肉是最出名，可是到了湖南却不能求之于店肆，真正上好的湖南腊肉要到人家里才能尝到。因为腊肉本是我们农村社会中家庭产品，可以长久存储，既以自奉，兼可待客，所以谓“岁时伏腊”成了很普通的习俗。

真正上好腊肉我只吃过一次。抗战初期，道出长沙，乘便去湘潭访问一位朋友。乘小轮溯江而上，虽然已是初夏，仍感觉到“春水绿波春草绿色”的景致宜人。朋友家在湘潭城内柳丝巷二号，一进门看见院里有一棵高大的梧桐。里面是个天井，四面楼房。是晚下榻友家，主人以盛馔招待，其中一味就是腊肉腊鱼。我特地到厨房参观，大吃一惊，厨房比客厅宽敞，而且井井有条一尘不染，房梁上挂着好多鸡鸭鱼肉，下面地上堆了树枝千叶之类，犹在冉冉冒烟。原来腊味之制作最重要的一个步骤就是烟熏，微温的烟熏火燎，日久便把肉类熏得焦黑，但是烟熏的特殊味道部熏进去了。烟从烟囱散去，厨内空气清洁。

腊肉刷洗干净之后，整块地蒸。蒸过再切薄片，再炒一次最好，加青蒜炒，青蒜绿叶可以用但不宜大多，宜以白的蒜茎为主，加几条红辣椒也很好，在不得青蒜的候始可以大葱代替。那一晚在湘潭朋友家中吃腊肉，宾主尽欢，喝干了一瓶“温州酒汗”，那是比汾酒稍淡近似贵州茅台的白酒，此后在各处的餐馆吃炒腊肉，都不能和这一次的相比。而腊鱼之美乃在腊肉之上，一饮一啄，莫非前定。

粥

我不爱吃粥，小时候一生病就被迫喝粥，因此非常怕生病。平素早点总是烧饼、油条、馒头、包子，非干物生噎不饱。抗战时在外做客，偶寓友人家，早餐是一锅稀饭，四色小菜大家分享。一小块酱豆腐在碟子中央孤立，一小撮花生米疏疏落落地撒在盘子中，一根油条斩做许多碎块堆在碟中成一小丘，一个完整的皮蛋在酱油碟中晃来晃去。不能说是不丰盛了，但是干噎惯了的人就觉得委屈，如果不算是虐待。

也有例外。我母亲若是亲自熬一小薄铫(音吊)儿的粥，分半碗给我吃，我甘之如饴。薄铫儿即是有柄有盖的小砂锅，最多能煮两小碗粥，在小白炉子的火口边上煮。不用剩饭煮，用生米淘净慢煨。水一次加足，不半途添水。始终不加搅和，任它翻滚。这样煮出来的粥，黏和，烂，而颗颗米粒是完整的，香。再佐以笋尖火腿糟豆腐之类，其味甚佳。

一说起粥，就不免想起从前北方的粥厂，那是慈善机关或好心人士施舍救济的地方。每逢冬天就有不少鹑衣百结的人排队领粥，“粥不继”就是形容连粥都没得喝的人。“粥”是稠粥，粥指稀粥。喝粥暂时装满肚皮，不能经久，喝粥聊胜于喝西北风。

不过我们也必须承认，某些粥还是蛮好喝的。北方人家熬粥熟，有时加上大把的白菜心，俟菜烂再撒上一些盐和麻油，别有风味，名为“菜粥”。若是粥煮好后取嫩荷叶洗净铺在粥上，粥变成淡淡的绿色，有一股荷叶的清香渗入粥内，是为“荷叶粥”。从前北平有所谓粥铺，清晨卖“甜浆粥”，是用一种碎米熬成的稀米汤，有一种奇特的风味，佐以特制的螺丝转儿炸麻花儿，是很别致的平民化早点，但是不知何故被淘汰了。还有所谓大麦粥，是沿街叫卖的平民食物，有异香，也不见了。

台湾消夜所谓“清粥小菜”，粥里经常掺有红薯，味亦不恶。小菜真正是小盘小碗，荤素俱备。白日正餐大鱼大肉，消夜啜粥甚宜。

腊八粥是粥类中的综艺节目。北平雍和宫煮腊八粥，据《旧京风俗志》，是由内务府主办，惊师动众，这一顿粥要耗十万两银子！煮好先恭呈御用，然后分别赏赐王公大臣，这不是喝粥，这是招摇，然而煮腊八粥的风俗深入民间至今弗辍。我小时候喝腊八粥是一件大事，午夜才过，我的二舅爹爹（我父亲的二舅父）就开始作业，搬出擦得锃光大亮的大小铜锅两个，大的高一尺开外，口径约一尺。然后把预先分别泡过的五谷杂粮如小米、红豆、老鸡头、薏仁米，以及粥果如白果、栗子、红枣、桂圆肉之类，开始熬煮，不住地用长柄大勺搅动，防粘锅底。

两锅内容不太一样，大的粗糙些，小的细致些，以粥果多少为别。此外尚有额外精致粥果另装一盘，如瓜子仁、杏仁、葡萄干、红丝青丝、松子、蜜饯之类，准备临时放在粥面上的。等到腊八早晨，每人一大碗，尽量加红糖，稀里呼噜地喝个尽兴。家家熬粥，家家送粥给亲友，东一碗来，西一碗去，真是多此一举。剩下的粥，倒在大绿釉瓦盆里，自然凝冻，留到年底也不会坏。自从丧乱，年年过腊八，年年有粥喝，兴致未减，材料难求，因陋就简，虚应故事而已。

饺　子

“好吃不过饺子，舒服不过倒着。”这是北方乡下的一句俗语。北平城里的人不说这句话，因为北平人过去不说饺子，都说“煮饽饽”，这也许是满洲语。我到了十四岁才知道煮饽饽就是饺子。

北方人，不论贵贱，都以饺子为美食。钟鸣鼎食之家有的是人力财力，吃顿饺子不算一回事。小康之家要吃顿饺子要动员全家老少，和面、擀皮、剁馅、包捏、煮，忙成一团，然而亦趣在其中。年终吃饺子是天经地义，有人胃口特强，能从初一到十五顿顿饺子，乐此不疲，当然连吃两顿就告饶的也不是没有。至于在乡下，吃顿饺子不易，也许要在姑奶奶回娘家时候才能有此豪举。

饺子的成色不同，我吃过最低级的饺子。抗战期间有一年除夕我在陕西宝鸡，餐馆过年全不营业，我踯躅街头，遥见铁路旁边有一草棚，灯火荧然，热气直冒，乃趋就之，竟是一间饺子馆。我叫了二十个韭菜馅饺子，店主还抓了一把带皮的蒜瓣给我，外加一碗热汤。我吃得一头大汗，十分满足。

我也吃过顶精致的一顿饺子。在青岛顺兴楼宴会，最后上了一钵水饺，饺子奇小，长仅寸许，馅子却是黄鱼韭黄，汤是清澈而浓的鸡汤，表面上还漂着少许鸡油。大家已经酒足菜饱，禁不住诱惑，还是给吃得精光，连连叫好。

做饺子第一面皮要好。店肆现成的饺子皮，碱太多，煮出来滑溜溜的，咬起来韧性不足。所以一定要自己和面，软硬合度，而且要多醒一阵子。盖上一块湿布，防干裂。擀皮子不难，久练即熟，中心稍厚，边缘稍薄，包的时候一定要用手指捏紧。有些店里伙计包饺子，用拳头一握就是一个，快则快矣，煮出来一个个的面疙瘩，一无是处。

饺子馅各随所好。有人爱吃荠菜，有人怕吃茴香。有人要薄皮大馅，最好是一兜儿肉，有人愿意多掺青菜（有一位太太应邀吃饺子，咬了一口大叫，主人以为她必是吃到了苍蝇蟑螂什么的，她说："怎么，这里面全是菜！"主人大窘）。有人以为猪肉冬瓜馅最好，有人认定羊肉白菜馅为正宗。韭菜馅有人说香，有人说臭，天下之口并不一定同嗜。

冷冻饺子是不得已而为之，还是新鲜的好。据说新发明了一种制造饺子的机器，一贯作业，整洁迅速，我尚未见过。我想最好的饺子机器应该是——人。

吃剩下的饺子，冷藏起来，第二天油锅里一炸，炸得焦黄，好吃。

锅　巴

抗战时期后方餐馆有一道菜名为"轰炸东京"，实在就是虾仁锅巴汤。侍者一手端着一大碗油炸锅巴，一手端着一小碗烩虾仁，锅巴放在桌上之后立即把烩虾仁浇上去，滋拉一声响，食客大悦，认为这一声响仿佛就是东京被轰炸了，心里一高兴，食欲顿开。有人说这个菜名取得无聊，取快一时，形同儿戏。也有人说，抗战时期一切都该与抗战有关，与抗战无关的东西也要加上与抗战有关的名义。这虾仁锅巴汤，命名为轰炸东京，可以提高士气，有什么不好？难道你不想轰炸东京吗？听说后来我们以德报怨结束抗战之后，还有人一度改轰炸东京为轰炸莫斯科呢，这且不谈。锅巴一定要炸得滚烫，烩虾仁要同时做好，趁热上桌。厨房和食桌不能距离太远，侍者不能迈方步，要争取时间，否则烩虾仁浇上去闷无声响，那就很泄气了，事实上泄气的场面较为常见。

锅巴，一称锅底饭。北人煮米半熟辄捞出置笼屉中蒸而食之，无所谓锅巴。南人率皆用锅煮米至熟为止，因此锅底有一层焦饭。焦饭特别香，《南史·潘综传》："宋初，吴郡人陈遗，少为郡吏，母好食锅底饭，遗在役，恒带一囊，每煮食，辄录其焦以奉母。"以焦饭奉母，人称为纯孝。锅巴本身确是别有滋味，不必油炸。现在店肆出售的锅巴乃大量制造，雪白的，炸得酥脆，包装起来当作一种零食点心，非复往昔之铛底饭了。

锅巴汤不一定要浇以烩虾仁，以我所知，口蘑锅巴汤味乃更胜一筹。所谓口蘑是指张家口一带出产的蘑菇，形状与味道和香蕈冬菇不同。有人说，蒙古人吃牛羊肉，剩下的汤汤水水泼在树根朽木之上，长出来的菌类便是口蘑，味道当然不同。但是也有人说，口蘑是牛马粪溺滋养出来的。果如后说，口蘑岂非类似北平俗语所谓的"狗尿台"？我相信口蘑还是人工培植出来的，上什么肥料就不得而知了。口蘑有大有小，愈小味愈浓，顶小的一种号称口蘑丁，大小略如纽扣，细小齐整，上面还带着一层白霜，美观极了。抗战前夕，平绥路局长以专车邀我们几个学界的朋友（有顾毓琇、吴景超夫妇、庄前鼎、杨伯屏及下走）游大同云冈，归途经张家口小停，我以三十余元买了半斤上好的道地的口蘑丁，那时候三十余元就是小学教师一月的薪给。蘑菇丁很容易发开，用以制口蘑锅巴汤或打卤做汤面都是无上妙品。

时下常吃到的虾仁锅巴汤，往往锅巴不够脆，虾仁复加大量番茄酱，稠糊糊的一大碗，根本不像是汤，样子恶劣。此地无口蘑，从外国来的朋友偶尔带一包口蘑相赠，相当珍贵，但还不是口蘑丁，而且附带着的细沙，洗十次八次也洗不干净，吃到嘴里牙碜，味道也不够浓厚。

第四辑

点一盏灯

今夜，我为你点亮门灯，因为实在太晚了！我知道那盏小小的灯，不可能照亮你漆黑的路，但是我不由得将它点亮，告诉你在家中有着许多悬念的心。是的！那是许多颗悬念的心，大家装作若无其事的样子，看电视、聊天，但是每个人的耳朵都在门外，每一双眼睛都不自禁地向门口瞟。直到你的脚步声，在前门石阶上出现，那许多颗悬着的心，才放了下来。

长　夜

◎　巴　金

我对着一盏植物油灯和一本摊开的书，在书桌前坐了若干时候。我说若干时候，因为我手边没有一样可以计算时间的东西。我只知道我坐下来时，夜色刚刚落到窗外马路上；我只知道我坐下来时，门前还有人力车的铃声，还有竹竿被人拖着在路上磨擦的声音，还有过路人的谈笑声。我坐着，我一直坐着，我的心给书本吸引了去。我跟着书本活了那么长的时间。我的心仿佛落在一个波涛汹涌的海上受着颠簸。于是我抬起头，我发现我仍然坐在书桌前面，这许久我就没有移动一下。

火在灯罩里寂寞地燃着，光似乎黯淡了些，我把头动了动，忽然发觉一堆一堆的黑影从四面八方向着我压下来，围过来。但是灯火发出一圈光亮，把它们阻挡了。我看见黑暗在周围移动，它们好像在准备第二次的进攻。

四周没有声息。我不知道马路是在什么时候静下来的。我注意地倾听，我很想听见人声，哪怕是一声咳嗽，一句笑语。在平日甚至夜深也还有人讲话，或者笑着、哼着歌走过马路。我听了片刻，仍旧没有声息。我奇怪，难道这时候醒着的就只有我一个人？为什么我四周会是死一般的静寂？

我觉得好像有什么东西在我的心里搅动，又仿佛有一股一股的水像浪涛似的在往上翻腾。我用力镇定了我的心，我把头再埋到书本上去。一条一条的蚯蚓在我的眼前蠕动。我抓不到一个字义。为什么？难道是黑暗伤害了我的眼睛，或者是静寂损坏了我的脑子？

我把灯芯转亮，我再看看四周，黑暗似乎略为往后退了，它们全躲在屋角，做出难看的鬼脸，无可奈何地望着灯光。

我又埋下头，而且睁大眼睛，把注意力完全放在书本上。这一次蚯蚓停住不动了，它们变成了一行一行的字……

我进到了另一个时代里去经历另一些事情。

我觉得我自己站在一群叫嚣的人中间，高耸的断头机的轮廓贴在淡蓝色的天幕上，一个脸色惨白的年轻人带着悲痛立在台口，他用眼光激动地在人群中找寻什么东西，他的嘴颤抖地动了一下。一个少妇带着一声尖锐的哀叫向着台口扑过去，她仰起那张美丽的脸去承受从台上投下的眼光。泪珠沿着年轻人的脸颊滚下来。一只粗壮的膀子伸过来拉他，他再投下一瞥依恋的眼光，于是断念似地睡倒在木板上面。少妇伏在台阶上伤心地哭着。

悬在架上的大刀猛然落下。我的心一跳。应该听见那可怕的声音。鲜红的血溅起来。又一个头落在篮子里。那只粗壮的手拿着头发把这个头高高举起给台下的人看。惨白色面颜显得更惨白了。眼睛微微睁开，嘴半闭着。

我的心发痛。“为什么会有这样的事？”我似乎听见这一句痛苦的问话。

我吃惊地举起头，房里仍然只有我一个人。黄色的灯火孤寂地在玻璃灯罩里摆动，任是怎样摇晃，也发不出一点声音。背后墙壁上贴着我自己的影子，它也是不会发声的。窗外、门外，夜悄悄地溜过去。没有人从门缝里送进一句不等回答的问话来。那么又是我的心在说话了。但是会有人来给我一个回答么？

我等待着。这次我听见声音了。皮鞋的声音，一个男人的脚步。脚步声渐渐地近了。是一个朋友么？他在这深夜来找我谈什么事情？或者他真的是来给我回答那个问题的。

我激动地等待着叩门声。我几乎要站起来出去开门。但是声音寂然了。马路上静得好像刚才并没有人走过似的。我屏住气息倾听，没有风声，甚至没有狗叫。世界决不能够是这么静。难道我是在做梦？我咳一声嗽，我听见我自己的声音，多么空虚，仿佛响在一个荒凉的空场上。未必我已经不活在这个世界上了？我摸摸自己的手，自己的脸颊，它们还是温暖的。我把手在桌上一击，响声立刻传到我的耳朵里。我可以相信自己还是一个活人。

灯光又开始暗起来。黑影也跟着在活动了。它们恢复了原先的阵地，而且进攻。灯用它的亮光抵抗，显得很吃力。我知道油快完了。我动动脚，想走去拿油瓶。但是一阵麻木抓住我的腿。这时我才注意到我的一双腿快冻僵了。我需要活动。我要表示我的存在。我还需要亮光。我跟麻木的感觉挣扎了一会，才缩回两只伸了好久的腿。我终于站起来了。

我打了一个冷噤。寒气似乎穿过衣服，贴到皮肤上来了。我的脚尖和腿弯微微发痛。手指也有一点麻木的感觉。夜一定深了。我应该上楼去睡。但是我不想在这个时候躺下来，我更不愿意闭上眼睛。我的脑子还是清醒的，我不愿让梦给它罩上一层糊涂。

我穿过包围着我的寒气和黑暗，走到厨房去拿了油瓶来给灯加了油。于是灯光又亮起来。这灯光给我驱散了黑暗和寒气。我听听四周。还是坟场上似的静寂。没有人在马路上走过。我失望地在书桌前面坐下，又坐在原来的地方。

我的头又埋在书上。慢慢地、慢慢地一幅图画在我的眼前出现了。仍旧是那个断头台。两个少妇坐在阶上，身子挨得很近。一个埋着头低声在哭，另一个更年轻的却用柔和的声音安慰她。

“露西 · 德木南。”我听见一个粗暴的声音叫起来。那个年轻的少妇慢慢地站起，安静地把脸朝着人群。怎么！还是先前那张美丽的脸，还是先前扑倒在台阶上哀哭的女人。现在她神色自若地走上断头台去。她对自己的生命似乎没有爱惜，上断头台就像去赴宴会。平静的，甚至带着安慰表情的面颜是那么年轻，那么纯洁。一对美丽的蓝眼睛望着天空。巴黎的天还没有她的眼睛这么美！我想起一个人的话：“为了使你美丽的眼睛不掉泪，我愿意尽一切力量。”见阿 · 托尔斯泰(1883—1945)的剧本《丹东之死》(1923)第四幕。〖ZK)〗但是她也在木板上躺下了。

“铛” 的一声，架上的大刀又落了下来。我不由自主地叫出一声“呀！”仿佛一滴血溅到了我的眼镜片上，模糊中我看见一个被金丝发盖着的人头滚进篮子里。

露西 · 德木南终于跟着她的丈夫死去了。那个篮子里一定还留着她的丈夫颈项上淌出来的血罢。

我忽然想起了德热沙尔的诗：

有着温柔的爱情的女人

小孩儿，小鸟儿，

母亲的心，芦苇的身，

露西，一个优美的女人……

……

啊，你可爱的小女人，

为了追随你所崇敬的爱人你在断头台上做了自愿的牺牲，

献出了你年轻的生命。

啊，想起你不由我眼泪纵横！

……见E.德热沙尔的诗集《大革命的诗》(1879年巴黎版)。诗人的语言在我的耳边反复响着。那个披着金发的美丽的头又在黑暗中出现了。眼睛紧闭，嘴唇像要发出哀诉似地微微张开，鲜红的血从雪白的颈项下不断地滴落……

我把眼睛闭上。我的眼睛已经受到伤害了。我觉得眼珠像被针刺似的痛起来。我取下眼镜，伸手慢慢地揉眼皮。那个金发复额的法国少妇的头还在我的眼前摇晃。我取开手，睁大眼睛。仍然只有一盏灯和一本书。一百五十年前的悲剧是无可挽回的了。为什么今天还会轮着我站到公果尔德广场上，让我的心受一番熬煎？

我抬起头凝神地望着那一圈跳荡似的金黄色的灯火。我想忘记一百五十年前的事，但是我的思想固执地偏偏粘在那件事情上面。砍去露西·德木南的头的断头机也砍去了罗伯斯庇尔的头。血不能填塞人的饥饿。为什么当时没有人伸出一只手把那只粗壮的膀子拉住？为什么从那些昂着头在台阶上观看的人中间不发出一声“够了”的叫喊？

迟了！断头机终于杀死了革命，让反动势力得到了胜利！

迟了，一百五十年已经很快地过去了。难道我还有什么办法来改写历史，把砍去的头接在早已腐烂的身上？对一百五十年前的悲剧我不能够做任何事情。我纵然怀着满腔的悲愤,也无从发泄。

但是悲愤也会燃烧的。和眼前的灯火一样,它在我的胸膛里燃起来。我的身体应该是个奇怪的东西,先前那里面有的是狂涛巨浪,现在却是一阵炙骨熬心的烈火。我绝望地挣扎着。

我又凝神倾听,我希望在静寂中听出一下脚声,我希望听出一两声表示这个世界还醒着的响动。我希望一个熟人起来叩门。我甚至想,只要有一个人,哪怕是不认识的人也好,只要他走进来,坐在我对面,让我把我的悲愤全倾吐给他。这时候我多么希望能够找到一个醒着的人。

我听了许久,坐了许久,希望了许久。

于是像回答我的希望似的在外面起了一种声音。什么东西在沙沙地响?难道谁在门外私语,等着我去开门?或者我又在做梦,不然就是我的听觉失了效用?

我坐着,听着。我只觉得一股一股的冷气从脚下沿着腿升上来。我终于听出来了:雨声。声音越来越密,越响。后来连屋檐水滴下声也听得见了。雨声淹没了一切,甚至扫去了我的希望。

我还是坐着,我还是听着。我要坐到什么时候?听到什么时候?难道我必须等到天明?或者我还能够怀着满腹烈火进入梦中?

我不想闭上眼睛。即使我能进到梦中,我也不会得着安宁。火热的心在梦里也会受到熬煎的。那么我就应该在书桌前面坐到天明么?

夜更加冷了。这么长的夜。还不见一线白日的光亮。不晓得要到什么时候才是它的尽头。枯坐地等待是没有用的。不会有人来叩门。我应该开门出去看看天空的颜色。我应该出去找寻晨光的征象。

我移动我的腿,又是一阵麻木,仿佛谁把冰绑了在我的腿上似的。我挣扎了片刻,终于直立起来了。

灯火开始在褪色。黑暗从埋伏处出来向我围攻。但是我用坚定的脚步穿过黑暗走到外面，打开了大门。

一股冷风迎面扑上来。暗灰色的空中飘着蒙蒙的细雨。天空低低罩在我的头上，看不见一小片云彩。我的眼前只是一片暗雾。

“难道真的不会有天明么？”我绝望地问道，我望着这景象发问了。

但是从什么地方飘过来一声竹笛似的鸡叫。这意外的声音使我疑心自己的耳朵听错了。我屏住气向这广阔的空间听去。

欢呼似的鸡声又响起来。

我吐了一口气。我的寂寞的心得到安慰了；我的燃烧的心得到宁静了。

这是光明的呼声。它会把白昼给我们唤醒起来。

漫漫的长夜逼近它的尽头了。

林清玄散文三篇

◎ 林清玄

常春藤

在我家巷口有一间小的木板房屋，居住着一个卖牛肉面的老人。那间木板屋可能是一座违章建筑，由于年久失修，整座木屋往南方倾斜成一个夹角，木屋处在两座大楼之间，益形破败老旧，仿佛随时随地都要倾颓散成一片片木板。

任何人路过那座木屋，都不会有心情去正视一眼，除非看到老人推着面摊出来，才知道那里原来还有人居住。

但是在那断板残瓦南边斜角的地方，却默默地生长着一株常春藤，那是我见过最美的一株，许是长久长在阴凉潮湿肥沃的土地上，常春藤简直是毫无忌惮地怒放着，它的叶片长到像荷叶一般大小，全株是透明翡翠的绿，那种绿就像朝霞照耀着远远群山的颜色。

沿着木板壁的夹角，常春藤几乎把半面墙长满了，每一株绿色的枝条因为被夹壁压着，全往后仰视，好像望天空伸出了一排厚大的手掌；

除了往墙上长，它还在地面四周延伸，盖满了整个地面，近看有点像还没有开花的荷花池了。

我的家里虽然种植了许多观叶植物，我却独独偏爱木板屋后面的那片常春藤。无事的黄昏，我在附近散步，总要转折到巷口去看那棵常春藤，有时看得发痴，隔不了几天去看，就发现它完全长成不同的姿势，每个姿势都美到极点。

有几次是清晨，叶片上的露珠未干，一颗颗滚圆的随风在叶上转来转去，我再仔细地看它的叶子，每一片叶都是完整饱满的，丝毫没有一丝残缺，而且没有一点尘迹；可能正因为它长在夹角，连灰尘都不能至，更不要说小猫小狗了。我爱极了长在巷口的常春藤，总想移植到家里来种一株，几次偶然遇到老人，却不敢开口。因为它正长在老人面南的一个窗口，倘若他也像我一样珍爱他的常春藤，恐怕不肯让人剪裁。

有一回正是黄昏，我蹲在那里，看到常春藤又抽出许多新芽，正在出神之际，老人推着摊车要出门做生意，木门咿呀一声，他对着我露出了善意的微笑，我趁机说："老伯，能不能送我几株您的常春藤？"

他笑着说："好呀，你明天来，我剪几株给你。"然后我看着他的背影背着夕阳向巷子外边走去。

老人如约地送了我常春藤，不是一两株，是一大把，全是他精心挑捡过，长在墙上最嫩的一些。我欣喜地把它种在花盆里。

没想到第三天台风就来了，不但吹垮了老人的木板屋，也把一整株常春藤吹得没有影踪，只剩下一片残株败叶，老人忙着整建家屋，把原来一片绿意的地方全清扫干净，木屋也扶了正。我觉得怅然，将老人送我的一把常春藤要还给他，他只要了一株，他说："这种草的耐力强，一株就要长成一片了。"

老人的常春藤只随便一插，也并不见他施水除草，只接受阳光和雨露的滋润。我的常春藤细心的养在盆里，每天晨昏依时浇水，同样也在阳台上接受阳光和雨露。

然后我就看着两株常春藤在不同的地方生长，老人的常春藤愤怒地抽芽拔叶，我的是温柔的缓缓生长；他的芽愈抽愈长，叶子愈长愈大；我的则是芽愈来愈细，叶子愈长愈小。比来比去，总是不及。

那是去年夏天的事了。现在，老人的木板屋有一半已经被常春藤覆盖，甚至长到窗口；我的花盆里，常春藤已经好像长进宋朝的文人画里了，细细的垂覆枝叶。我们研究了半天，老人说："你的草没有泥土，它的根没有地方去，怪不得长不大。呀！还有，恐怕它对这块烂泥地有了感情呢！"

非洲红

三年前，我在一个花店里看到一株植物，茎叶全是红色的，虽是盛夏，却溢着浓浓秋意。它被种植在一个深黑色滚着白边的磁盆里，看起来就像黑夜雪地里的红枫。卖花的小贩告诉我，那株红植物名字叫"非洲红"，是引自非洲的观叶植物。我向来极爱枫树，对这小圆叶而颜色像枫叶的"非洲红"自也爱不忍释，就买来摆在书房窗口外的阳台，每日看它在风中摇曳。"非洲红"是很奇特的植物，放在室外的时候，它的枝叶全是血一般的红；而摆在室内就慢慢的转绿，有时就变得半红半绿，在黑盆子里煞是好看。它叶子的寿命不久，隔一两月就全部落光，然后在茎的根头又一夜之间抽放出绿芽，一星期之间又是满头红叶了。"使我真正感受到时光变异的快速，以及生机的运转。年深日久，它成为院子里，我非常喜爱的一株植物。

去年我搬家的时候,因为种植的盆景太多,有一大部分都送人了。新家没有院子,我只带了几盆最喜欢的花草,大部分的花草都很强韧,可以用卡车运载,只有非洲红,它的枝叶十分脆嫩,我不放心搬家工人,因此用一个木箱子把它固定装运。

没想到一搬了家,诸事待办,过了一星期安定下来以后,我才想到非洲红的木箱;原来它被原封不动地放在阳台,打开以后,发现盆子里的泥土全部干裂了,叶子全部落光,连树枝都萎缩了。我的细心反而害了一株植物,使我伤心良久,妻子安慰我说:"植物的生机是很强韧的,我们再养养看,说不定能使它复活。"

我们便把非洲红放在阳光照射得到的地方,每日晨昏浇水,夜里我坐在阳台上喝茶的时候,就怜悯地望着它,并无力的祈祷它的复活。大约过了一星期左右,有一日清晨我发现,非洲红抽出碧玉一样的绿芽,含羞的默默的探触它周围的世界,我和妻子心里的高兴远胜过我们辛苦种植的郁金香开了花。

我不知道"非洲红"是不是真的来自非洲,如果是的话,经过千山万水的移植,经过花匠的栽培而被我购得,这其中确实有一种不可言说的缘分。而它经过苦旱的锻炼竟能从裂土里重生,它的生命是令人吃惊的。现在我的阳台上,非洲红长得比过去还要旺盛,每天张着红红的脸蛋享受阳光的润泽。

由非洲红,我想起中国北方的一个童话《红泉的故事》。它说在没有人烟的大山上,有一棵大枫树,每年枫叶红的秋天,它的根渗出来一股不息的红泉,只要人喝了红泉就全身温暖,脸色比桃花还要红,而那棵大枫树就站在山上,看那些女人喝过它的红泉水,它就选其中最美的女人抢去做媳妇,等到雪花一落,那个女人也就变成枫树了。这当然是一个虚构的童话，可是中国人的心目中确实认为枫树也是有灵的。枫树既然有灵，与枫树相似的非洲红又何尝不是有灵的呢？

在中国的传统里，人们认为一切物类都有生命，有灵魂，有情感，能和人做朋友，甚至恋爱和成亲了。同样的，人对物类也有这样的感应。我有一位爱兰的朋友，他的兰花如果不幸死去，他会痛哭失声，如丧亲人。我的灵魂没有那样纯洁，但是看到一棵植物的生死会使人喜悦或颓唐，恐怕是一般人都有过的经验吧！

非洲红变成我最喜欢的一株盆景，我想除了缘分，就是它在死到最绝处的时候，还能在一盆小小的土里重生。

紫茉莉

我对那些接着时序在变换着姿势，或者是在时间的转移中定时开合，或者受到外力触动而立即反应的植物，总是把持着好奇和喜悦的心情。

硝种在园子里的向日葵或是乡间小道边的太阳花，是什么力量让它们随着太阳转动呢？难道只是对光线的一种敏感？

像平铺在水池的睡莲，白天它摆出了最优美的姿势，为何在夜晚偏偏睡成一个害羞的球状？而昙花正好和睡莲相反，它总是要等到夜深人静的时候，才张开笑颜，放出芬芳。夜来香、桂花、七里香，总是愈黑夜之际愈能品味它们的幽香。

还有含羞草和捕虫草，它们一受到摇动，就像一个含羞的姑娘默默地颔首。还有冬虫夏草，明明冬天是一只虫，夏天却又变成一株草。

在生物书里我们都能找到解释这些植物变异的一个经过实验的理由，这些理由对我却都是不足的。我相信在冥冥中，一定有一些精神层面是我们无法找到的，在精神层面中说不定这些植物都有一颗看不见的心。

能够改变姿势和容颜的植物，和我关系最密切的是紫茉莉花。

我童年的家后面有一大片未经人工垦殖的土地，经常开着美丽的花朵，有幸运草的黄色或红色小花，有银合欢黄或白的圆形花，有各种颜色的牵牛花，秋天一到，还开满了随风摇曳的芦苇花……就在这些各种形色的花朵中，到处都夹生着紫色的小茉莉花。

紫茉莉是乡间最平凡的野花，它们整片整片的丛生着，貌不惊人，在万绿中却别有一番姿色。在乡间，紫茉莉的名字是“煮饭花”，因为它在有露珠的早晨，或者白日中天的正午，或者是星满天空的黑夜都紧紧闭着；只有一段短短的时间开放，就是在黄昏夕阳将下的时候，农家结束了一天的劳作，炊烟袅袅升起的时候，才像突然舒解了满怀心事，快乐地开放出来。

每一个农家妇女都在这个时间下厨做饭，所以它被称为“煮饭花”。

这种一二年或多年生的草本植物，生命力非常强盛，繁殖力特强，如果在野地里种一株紫茉莉，隔一年，满地都是紫茉莉花了；它的花期也很长，从春天开始一直开到秋天，因此一株紫茉莉一年可以开多少花，是任何人都数不清的。

最可惜的是，它一天只在黄昏时候盛开，但这也是它最令人喜爱的地方。曾有植物学家称它是“农业社会的计时器”，她当开放之际，乡下的孩子都知道，夕阳将要下山，天边将会飞来满空的红霞。

我幼年的时候，时常和兄弟们在屋后的荒地上玩耍，当我们看到紫茉莉一开，就知道回家吃晚饭的时间到了。母亲让我们到外面玩耍，也时常叮咛：“看到煮饭花盛开，就要回家了。”我们遵守着母亲的话，经常每天看紫茉莉开花才踩着夕阳下的小路回家，巧的是，我们回到家，天就黑了。

从小，我就有点痴，弄不懂紫茉莉为什么一定要选在黄昏开，有人场多次坐着看满地含苞待放的紫茉莉，看它如何慢慢地撑开花瓣，出来看夕阳的景色。问过母亲，她说："煮饭花是一个好玩的孩子，玩到黑夜迷了路变成的，它要告诉你们这些野孩子，不要玩到天黑才回家。"

母亲的话很美，但是我不信，我总认为紫茉莉一定和人一样是喜欢好景的，在人世间又有什么比黄昏的景色更好呢？因此它选择了黄昏。

紫茉莉是我童年里很重要的一种花卉，因此我在花盆里种了一棵，它长得很好，可惜在都市里，它恐怕因为看不见田野上黄昏的好景，几乎整日都开放着，在我盆里的紫茉莉可能经过市声的无情洗礼，已经忘记了它祖先对黄昏彩霞最好的选择了。

我每天看到自己种植的紫茉莉，都悲哀地想着，不仅是都市的人们容易遗失自己的心，连植物的心也在不知不觉中迷失了。

点一盏灯

◎ 刘 墉

今夜,我为你点亮门灯,因为实在太晚了!

我知道那盏小小的灯,不可能照亮你漆黑的路,但是我不由得将它点亮,告诉你在家中有着许多悬念的心。

是的!那是许多颗悬念的心,大家装作若无其事的样子,看电视、聊天,但是每个人的耳朵都在门外,每一双眼睛都不自禁地向门口瞟。

直到你的脚步声,在前门石阶上出现,那许多颗悬着的心,才放了下来:

你说打电话时家里正占线,因为歌剧团等着你伴奏,所以没再拨;练完则急着赶车,心想不久就能到家,便也省了。

这番话听来似乎有道理,问题是,你有没有想到亲人的悬念,可不是只悬念一下,就不再悬念了?那是一直地念,且愈念愈焦,愈悬愈高的?这许多颗心,竟不值得你多拨几次电话吗?

其实我不应该苛责你,因为那是许多年轻人都犯的毛病。他们只顾自己玩,很少会想到以父母的心来思想。"己所不欲,勿施于人",对于孩子来说，他们还不是父母，当然没有所谓的“己所不欲”，也便难免将这些牵挂的痛苦施之于父母了。

记得我在你的年岁，每次读到孝经或论语中“身体发肤，受之父母，不敢毁伤”和“父母在，不远游，游必有方。”都心想孔子说得有点过分，父母是父母，子女是子女，大家是独立的个体，也当然有自主权。

但是今天，再看到这两句话，感觉就不同了，我坚信：当孔子说的时候，他必然已经有了孩子，因为只有自己经验到看见子女受伤的痛苦，以及对出门在外的孩子的悬念之后，才可能说出这样的话。

为什么子女爱父母，似乎总不如父母爱子女的多呢？因为他们对父母的牺牲与奉献，远不及父母所给予的。你应当记得我在《点一盏心灯》那本书里讲的故事。

一个原本对邻人漠不理睬的主妇，偶然听见邻居孩子的哭声，又见到一股浓烟从邻人的屋里冒出来。当她冲进去将孩子抱起时，原本不怎么的火势突然扩大了，使她几乎陷身火窟，从此，她居然对那救出的孩子特别关心。而当人问她原因时，她说：“因为我差点为这孩子送了命！”

说实在的，如果她事先知道火势会突然变大，恐怕不敢进去救孩子。但是她既然冒了生命的危险，作出那样的牺牲，也就会增加对那孩子的爱。

同样的道理，哪个父母不是对子女做了万般的牺牲与奉献？而子女有几人在青少年时，就大大地回馈父母？当然，那奉献愈多的人，愈会付出爱！

所以，这世上不是被爱得愈多的人，愈懂得回报爱。反而爱得愈多的人，愈会加深地去爱！直到有一天：

他自己做了父母，才知道来自前人的爱有多么伟大。

所以，今夜我点亮了门灯，希望当你在漆黑的夜色，和寒冷的北风中归来时，能远远看见家门前一盏灯。你敢说当你看到这晕黄的灯光时，没有一股温馨从心底升起吗？

我相信，当有一天你独自生活，踏过今夜这样的路，走到自己漆黑的阶前时，必然会怀念我的这一盏灯。

而后你结婚，寒夜归来，看见门灯正亮，便在心里高兴地说：看！我的妻为我点了灯，她在等我呢！

而后，你有了孩子，大到可以深夜未归，你更会为他点上门前的灯！

于是，你终于深深地体验到：

每一盏门灯后，都有一颗，甚至许多颗悬念的心！

死　鸟

◎　冯骥才

天津卫的人好戏谑，故而人多有外号。有人的外号当面叫，有人的外号只能背后说，这要看外号是怎么来的。凡有外号，必有一个好笑的故事；但故事和故事不同，有的故事可以随便当笑话说，有的故事人却不能乱讲；比方贺道台这个各色的雅号——死鸟。

贺道台相貌普通，赛个猪崽。但真人不露相，能耐暗中藏。他的能耐有两样，一是伺候头儿，一是伺候鸟。

伺候上司的事是挺特别的一功。整天跟在上司的屁股后边，跟慢跟紧全都不成。跟得太慢，遇事上不去，叫上司着急；跟得太紧，弄不好一脚踩在上司的后脚跟上，反而惹恼了上司。而且光是赛条小狗那样跟在后边也不成。还得善于察言观色，摸透上司脾气，知道嘛时候该说嘛，嘛时候不该说嘛；挨训时俯首帖耳，挨骂时点头称是。上司骂人，不准是你的不是，有时不过是上司发发威和舒舒气罢了。你要是耐不住性子，皱眉撇嘴，露出烦恼，那就叫上司记住了。从此，官儿不是愈做愈大，而是愈做愈小———就这种不是人干的事，贺道台却得心应手，做得从容自然。人说，贺道台这些能耐都出自他的天性，说他天生是上司的撒气篓子，一条顺毛驴，三脚踹不出个屁来，对么？

说完他伺候头儿，再说他伺候鸟儿。

伺候鸟的事也是另外一功。别以为把鸟关在笼子里，放点米，给点虫，再加点水，就能又蹦又跳。一种鸟有一种鸟的习惯，差一点就闭眼戗毛，耷拉翅膀；一只鸟有一只鸟的性子，不依着它就不唱不叫，动也不动，活的赛死的差不多。人说贺道台上辈子准是鸟儿。他对鸟儿们的事全懂，无论嘛鸟，经他那双小胖手一摆弄，毛儿鲜亮，活蹦乱跳，嗓子个个赛得过在天福茶园里那个唱落子的一毛旦。

过年立夏转天，在常关做事的一位林先生，打江苏常州老家歇假回来，带给他一只八哥。这八哥个大肚圆，腿粗爪硬，通身乌黑，嘴儿金黄；叫起来，站在大街上也听得清清楚楚。贺道台心里欢喜说："公鸡的嗓门也没它大。"

林先生笑道："就是学人说话还差点。它总不好好学。怎么教也不会，可有时不留神的话，却给他学去了。不过，到您手里一调理，保准有出息。"

贺道台也笑了。说道："过三个月，我叫它能说快板书。"

然而，这八哥好比烈马，一时极难驯服。贺道台用尽法子，它也学不会。贺道台骂它一句："笨鸟。"第二天它却叫了一天"笨鸟"。叫它停嘴，它偏不停。前院后院都听得清清楚楚，午觉也没法儿睡。贺道台用罩子把笼子严严实实罩了多半天，它才不叫。到了傍晚，太太怕把它闷死，叫丫鬟把罩子摘去，它一露面，竟对太太说："太太起痱子了吧？"把太太吓了一跳。再一想，这不是前几天老爷对她说的话吗，不留神竟给它学去了。逗得太太格格笑半天。待贺道台回来，对老爷说了。没等她去叫八哥再说一遍，八哥自己又说："太太起痱子了吧！"

贺道台给逗得咧嘴直笑，还说："这东西，连声音也学我。"

太太说:“没想到这坏东西竟这么聪明。”

自此,贺道台分外仔细照料它。日子一长,它倒是学会了几句什么“给大人请安”、“请您坐上座”、“您走好了”之类的话,只是不好好说。可是,它抽冷子蹦出几句老爷太太平时说的“起痱子”那类的话,反倒把客人逗得大笑,直笑得前仰后合。

知府大人说:“贺大人,从它身上就知道您有多聪明了。”

贺道台得意这鸟,更得意自己。这话就暂且按下不提。

九月初九那天,东城外的玉皇阁“攒九”,津门百姓照例都去登阁,俗称九九登高。此时,天高气爽,登高一望,心头舒畅,块垒皆无。这天直隶总督裕禄也来到了玉皇阁,兴致非常好,顺着那又窄又陡的楼梯,一口气直爬到顶上的清虚阁。随同来的文武官员全都跑前跑后,哄他高兴。贺道台自然也在其中。他指着三岔河口上的往来帆影,说些提兴致的话,直叫裕禄大人心头赛开了花。从阁上下来,贺道台便说,自己的家就在不远,希望大人赏脸,到他家去坐坐。裕大人平日决不肯屈尊到属下家中做客。但今日兴致高,竟答应了。贺道台的轿子便在前面开道,其余官员跟随左右,骑龙驾虎一般去了。

贺道台的八哥笼子就挂在客厅窗前,裕大人一进门,它就叫:“给大人请安。”声音嘹亮,一直送进裕禄的耳朵里。

裕大人愈发兴高采烈,说道:“这东西竟然比人还灵。”

贺道台应声便说:“还不是因为大人来了。平时怎么叫它说,它也不肯说。”

待端茶上来,八哥忽又叫道:“这茶是明前茶。”

裕大人一怔,扭头对那笼子里的八哥说:“这是你的错了。现在什么时候了,哪还有明前茶?”

上司打趣,下司拾笑。笑声贯满客厅,并一齐讪笑八哥是个傻瓜。

贺道台说："大人真是一句切中了要害。其实这话并不是我教的，这东西总是时不时蹦出来一句，不知哪来的话。"

知府笑道："还不是平日里说者无意，听者有心。想必贺大人总喝好茶，它把茶名全记住了！"

裕禄笑道："有什么好茶，也请裕禄我尝尝。"

大家又笑起来。但八哥听到了"裕禄"两字，忽然翅膀一抖，跟着全身黑毛全日方起来，好赛发怒，声音又高又亮地叫道："裕禄那王八蛋！"

满厅的人全怔住。其实这一句众人全听到了，就在惊呆的一刻，这八哥又说一遍："裕禄那王八蛋！"说得又清楚又干脆。裕禄忽地手一甩，把桌上的茶碗全抽在地上，怒喝一声："太放肆了！"

贺道台慌忙趴在地上，声音抖得快听不见："这不是我教给它的——"话到这里，不觉卡住了。他想到，八哥的这句话，正是他每每在裕禄那里受了窝囊气后回来说的。怎么偏偏给它记住了？这不是要他的命吗？他浑身全是凉气。

等他明白过来，裕禄和众官员已经离去。只他一个人还趴在客厅地上，他突然跳起来，朝那八哥冲去，一边吼着："你毁了我！我撕了你，你这死鸟！"

他两手抓着笼子一扯，用力太大，笼子扯散，鸟飞出来，一把没有抓住。这八哥穿窗飞出，落在树上。居然把贺道台刚刚说的这话学会了，朝他叫道："死鸟！"

贺道台叫仆人们用杆子打，用砖头砍，爬上树抓，八哥在树顶上来回蹦了一会儿，还不住地叫："死鸟！死鸟！死鸟！"最后才挥翅飞去，很快就无影无踪了。

自此，贺道台就得了"死鸟"的外号。而且人们传这外号的时候，还总附带着这个故事。

黄粱梦里

◎ 席慕蓉

1

走上小路，穿过正午的稻田，我急着要给读小学的女儿送中饭。

小红帆布包里装着热热的便当，还放了水壶、水果和几片小饼干。我步子走得很急，怕使当冷了，又怕水果热了，虽是初夏，正午的稻田可是又亮又热，让我出了一身的汗。

好在小路并不长，在路的尽头等着我的，就是那几棵高大浓密的相思树，只要能走到树底下，我就可以松口气了。

在这几棵老相思树国成的浓荫里，流过一条浅浅的溪涧，岸边也因而长出不少种类的野花和野草，从眩目的阳光里脱身，一下子会觉得林子里特别陪、特别静，好凉又好香。

在树下的我是闻到一种清香，可是说不上来是花还是草的味道，凉风拂来，那香气就飘浮在我周围，久久不散，我不禁贪恋地站住了。

忽然之间，发现我在重复着一种动作，一种经验。七岁的童年、十七岁和二十七岁的那些岁月里，都有过同样的经验：在几棵大树之下呆呆地站住了，只因为是初夏时光，大自然里充满了一种沁人心脾的芳香。

不过只是一块小小的树荫而已，不过只是一些常见的花草树木，却能永远不变地，对我发出一种熟悉而又亲切的馨香。伴随着安静地呈现出来的记忆，我的心因而也变得极为安静和舒畅。忽然想通了，这么多年来，我所追求的，不也就只是这样一个清香袭人的小小世界吗？

在平日的生活里，因为怕看残酷的景象，怕听悲愁的故事，怕谈战乱和流离，所以，在有些朋友笑着说我是“鸵鸟”的时候，我也开始相信他们了。我想：也许真如他们所说的，我是一只逃避现实的鸵鸟，我的生活态度是不健康和软弱的，心里因而始终感到内疚，觉得对不起朋友，也对不起这个社会。

可是，在这样一个初夏的正午，树荫下的我忽然想得不一样了。就是因为草叶间那种熟悉的清香。我忽然觉得，我其实不必那样内疚的，我其实一直在很努力地生活，真的，我一直都是很努力的，努力要把一切混乱的痕迹除去，努力要求得一种简单与真实的本质。

我所想要过的，就是上苍原来赐给我们的那种生活。尽管这个世界已经被贪欲和无知搞得面目全非，尽管有很多美好的事物都已变质。可是，我仍然有权利，有权利要求一种原该属于我们的真纯和美丽。

所以，我也许不是“驼鸟”，也许，我该算是一个“淘金者”，在浑浊的江水与砂粒之中，不断地过滤、不断地搜寻。希望，能在最后的筛底，找到那一粒。那一粒原该属于我们的闪亮的金砂。

孩子的学校就在前面了，我已经可以听到他们模糊的笑闹声，不知道叫嚷的是些什么？但是可以确定的是，他们用的是一种最真纯的声音，因此，使墙外的我，也因而感染到了一种真纯的快乐。

我所想保有的,是不是就是这一份赤子之心呢?

2

当我来到渡船头时,才刚是近午时分。

卖票的小女孩告诉我,摆渡的船夫吃午饭去了,要我先去附近转一转再来。

一直生活在分秒不误,规矩很严的社会里,所以,乍听之下,简直不敢相信世间还有这样随意开船或者不开船的事,心里一下子觉得很温暖,人也跟着松散了下来。

我微笑地谢了她,再把她给我的船票仔细收好,好小好薄的一张纸,这么多年了,什么都变了,只有这张船票仍和当年的一样,又小又薄又谦卑,一如我当年的心。

沿着岸边,信步走着,风很柔,阳光也很柔。我穿着一件浅灰色有着很多细花边的长袖衬衫,棉布的质料很清爽,穿在身上很舒服。两只手插在裙子的口袋里,我十足里是个悠闲的人,有整个长长的下午在我前面,不必急也不必赶。

潮涨得很高,不知道是阴历的几月几号了?紧在岸边的小船也跟着高高地浮起来,离岸好近。

在我眼前,就有两条紧在一起的小船在满满的水面上浮着,船身都漆成粉蓝色,在船边勾出一些深蓝、深紫和雪白的线条,倒映在动汤的水中,碎成一片片温柔又明亮的色光。

我就在岸上的石级上坐了下来,满满的潮水正像满溢的幸福。我知道,潮汐有升有落,我也知道,幸福也不能永远停留;可是,当它满满地呈现在我面前的时候,我唯一该做的事,就是安静地坐下来,观察它、享受它和感激它。

不是吗？在这样一个风和日丽的日子里，在这满满的潮汐之前，在这两条粉蓝粉蓝的小船旁边，我所该做的唯一的事情，就是找个地方坐下来，安静地领受这一种单纯的快乐与幸福。在这一刹那，什么都还没有发生，什么都还来得及，来得及去说、去想、去生活、去爱与被爱。

等一会儿，等船夫回来了以后，我就会上了他的船，过河到对岸去了。我不知道在对岸会发生什么事，我也不知道在我的前面，命运是以一种什么样的面貌在等待着我，正如二十年前来过渡的我一样，一切都是全然的未知。

可是，今天的我，已经明白一些了。当然，我一样会随着起伏的命运来更改我的心情，我一样会欢笑或者哭泣，可是，我想，我不会再后悔，也不会再觉得遗憾了。

原来，悲愁的来源并不是因为幸福的易逝，而是因为，在幸福临近的时候没能察觉。

所以，当幸福已经过去了的时候，我不一定非要悲伤流泪的，只要，只要在它来临的时候，我能够知道，并且安静地领会与把握到了的话，就算它终于过去，我也很知足了。

远远的，船夫挥手与我相招，我微笑地站起身来，而在举步之前，再回头看了一眼。

风清云淡，好一片温柔的景象！我知道，在我离开之后，这阳光下的渡口也会永远留在我心里，永远都不会忘记。

3

可是，“永远”的定义是什么呢？到底能有多长和多久呢？

小时候读国文课本，念到一些大文章，老是会猜想，写这些义正词严、慷慨激昂的文章的人，平常的生活又是什么模样呢？他们也应该会有软弱或者天真的时候吧，也许也会偏爱甜的食物或者偏爱看天的柔风吧。

从课文后的注释里，我找不到任何的线索、所有的资料都只管告诉我他们得过什么功名，写过什么书，自己取过几个名字，哪年哪月生，哪年哪月死，死了以后，别人又给他们取了哪几个名字等等而已。

也许是那个时候留下来的记录不多，也许是我们的老师或者编教科书的人只想给我们这么多，也许是很多人都认为，我们只要知道这么多就够了。

可是，这样的记录、这样的资料、这样的介绍哪里可以说够呢？在他们的道德文章，在他们的功名和是非之后，我更想要知道的，就是他们在独处的时候，曾经有过一颗怎样的心？他们一定也曾经年轻过、曾经笑过、曾经哭过，并且曾经深深地爱过吧？千年之前的他们，和千年之后的我，应该也没有什么不同的吧？

有谁能够不理会仲春时拂面的柔风呢？有谁能够经过满树的繁花而不为所动呢？在诗经里活着的那些人、那些熙熙攘攘的小人物和他们的悲欢，原来该离我们非常非常遥远的，可是，每次打开那些篇章，就好像打开了他们的世界，和他们同歌同舞、同乐同泣，就好像三千年前的那个开满了桃花的春天就在眼前。

“永远”的意思应该就是如此了吧。

就是说：在功名之外，在兴衰之外，应该有一种东西是比较更长远和更重要的，应该有一种东西是值得珍惜与宝藏的，应该有一种东西是我们可以相信并且希望它永远不会消失的。

就是说：假如有人在古诗里唱过："涉江采芙蓉，兰泽多芳草……"的话，今天的我，也可以接着唱下去："采之欲遗谁，所思在远道……"，而在我唱的时候，我也有当日的他所感到的一样的惆怅与悲伤，而他中的荷花也可以盛开得一如当年。尽管千年前那个唱歌的人和被他思念的人都早已消失了，但是，只要有人，只要有歌，只要有四季的变换，在这世间就会存在着一种思慕的情怀，永远也不会改变，永远也不会消失。

那么，人生还有什么遗憾的呢？

4

好多人都喜欢告诉我们：人生不过如一场黄粱梦，在繁复的美丽与曲折的悲欢之后，悠然醒转，新炊却犹未熟。

可是我总是不服气，我总觉得，生命本身应该有一种意义，我们绝不是白白来一场的。在这世间，有些事物是一直在重复着和绵延着的。每回抱我的儿女的时候，就会想到，年轻的母亲曾经怎样温柔地抱持过我。每回在给孩子切洗蔬果的时候。就会想到，母亲当年，曾经怎样一寸一寸地把我们喂养长大。而有一天，我也终于会像今天的母亲一样地老去，那时候，我的女儿也会像今天的我一样，在源源不绝的水龙头下清洗着鲜美的蔬果，再来一寸一寸地把她的孩子喂养长大。所以，谁能说这些都仅仅只是一场黄粱梦而已呢？

而每回闻到草叶的清香，看到潮汐的涨落，就会想到那些我曾经拥有过的幸福时刻。不管时光如何飞驰，景物如何变换，大自然里有些事物却是永远不变的，而我曾经努力生活过的记忆也永远在那里，每回翻寻，每回仍在，这样的生命，你教我怎能不热爱？

当然，我的朋友们也可以说，不管我如何努力，我仍然是在黄粱梦里,一切仍然会逐渐逐渐地过去。

可是,总有一些什么会留下来的吧,我虽然不能很清楚地知道那会是些什么样的事物,我却深信,一切的努力都绝不会是白费的。

在绵延不绝的黄粱梦里,一定也会有喜欢我并且和我有着相同心思的女子吧,当她在千年之后翻阅我的札记时,一定也会欣喜地发现,尽管这么多年已经过去了,尽管世间依然无法避免仇恨和争战,可是只要草叶间依然有清香,潮汐依然按时升落,所有的痛苦就比较容易忍受,而生命仍然是值得信任与值得热爱的吧。

那么,我们还有什么遗憾的呢?

第五辑

一件旧毛衣

再后来，我和姐姐都上了大学，在我上学前整理衣物时，我硬是把这件旧毛衣搜了出来放入行李箱，妈妈即不解又非常好奇地对我说，小时候你还嫌弃它，怎么现在要上大学你还非得费劲带着它呢？我想我可能只是需要它吧，单纯的需要它。是因为它曾经记录过我那一段鲜亮的童年，曾经在童年时候给我传达的那一种无声的教育，一种贫穷的教育：脚踏实地，不去贪妄自己无法企及的东西，不被浮华的世事腐化的教育。

我与儿子

◎ 梁晓声

我曾以为自己是缺少父爱情感的男人。

结婚后，我很怕过早负起父亲的责任。因为我太爱安静了。一想到我那十一平方米的家中，响起孩子的哭声，有个三四岁的男孩儿或女孩儿满地爬，我就觉得简直等于受折磨，有点儿毛骨悚然。

妻子初孕，我坚决主张“人流”。为此她备感委屈，大哭一场——那时我刚开始热衷于写作。哭归哭，她妥协了。

妻子第二次怀孕，我郑重地声明：三十五岁之前决不做父亲。她不但委屈而且愤怒了，我们大吵一架——结果是我妥协了。

儿子还没出生，我早说了无穷无尽的抱怨话。倘他在母腹中就知道，说不定会不想出生了。妻临产的那些日子，我们都惴惴不安，日夜紧张。

那时，妻总在半夜三更觉得要生了。已记不清我们度过了几个不眠之夜，也记不清半夜三更，我搀扶着她去了几次医院。马路上不见人影，从北影到积水潭医院，一往一返慢慢地小小心心地走，大约三小时。

每次医生都说："来早了，回家等着吧！"

妻子哭，我急，一块儿哀求。哀求也没用。

始终是那么一句话——"回家等着，没床位。"

有一夜，妻看上去很痛苦，但她咬紧牙关，一声不吭。她大概因为自己老没个准儿，觉得一次次地折腾我，有点儿对不住我。可我看出的确是"刻不容缓"了——妻已不能走。我用自行车将她推到医院。

医生又训斥我："怎么这时候才来？你以为这是出门旅行，提前五分钟登上火车就行呀！"

反正你要当父亲了，当然是没理可讲的事了。

总算妻子生产顺利，一个胖墩墩的儿子出世了。

而我是半点儿喜悦也没有的，只感到舒了口气，卸下了一种重负。好比一个人的头被按在水盆里，连呛几口之后，终于抬了起来……

儿子一回家，便被移交给一位老阿姨了。我和妻住办公室。一转眼就是两年。两年中我没怎么照看过儿子。待他会叫"爸爸"后，我也发自内心地喜爱过他，时时逗他玩一阵。但是从所谓潜意识来讲是很自私的——为着解闷儿。心里总是有种积怨，因为他的出生，使我有家不能归，不得不栖息在办公室。

夏天，我们住的那幢筒子楼，周围环境肮脏。一到晚上，蚊子多得不得了。点蚊香，喷药，也是起不了多大作用的。蚊子似乎对蚊香和蚊药有了很强的抵抗力。

有天早晨我回家吃早饭，老阿姨说："几次叫你买蚊帐，你总拖，你看孩子被叮成什么样了？你真就那么忙？"

我俯身看儿子，见儿子遍身被叮起至少三四十个包，脸肿着。可他还冲我笑，叫"爸……"我正赶写一篇小说，突然我认识到自己太自私了。我抱起儿子落泪了……

当天我去买了一顶五十多元的尼龙蚊帐。上海文艺出版社的编辑修晓林初次到我家，没找到我。又到了办公室，才见着我。我挺兴奋地和他谈起我正在构思的一篇小说，他打断我说："你放下笔，先回家看看你儿子吧，他发高烧呢！"

我一愣，这才想起——我已在办公室废寝忘食地写了两天。两天内吃妻子送来的饭，没回过家门——

从这些方面讲，我真不是一位好父亲。如今儿子已经五岁了。我也已经三十九岁半了。人们都说儿子是个好儿子。许多人非常喜欢他。我的生活中，已不能没有他了。我欠儿子的责任和义务太多。至今我觉得对儿子很内疚。我觉得我太自私。但正是在那一两年内，我艰难地一步步地向文坛迈进。对儿子的责任和自己的责任，于我，当年确是难以两全之事。

儿子爱画画，我从未指导过他。尽管我也曾爱画画，指导一个五岁多的孩子，那点儿基础还是够用的。

儿子爱下象棋。我给他买了一副象棋，却难得认真陪他"杀一盘"。他常常哀求："爸爸，和我杀一盘行不行啊？"结果他养成了自己和自己下象棋的习惯。

记得我有一次到幼儿园去接儿子，阿姨对我说："你还是作家呢，你儿子连'一'都写不直，回家好好下功夫辅导他吧！"

从那以后，我总算对儿子的作业较为关心。但要辅导他每天写完幼儿园的两页作业，差不多也得占去晚上的两个小时。而我尤视晚上的时间更为宝贵——白天难得安静，读书写作，全指望晚上的时间。

儿子曾有段时间不愿去幼儿园。每天早晨撒娇耍赖，哭哭啼啼，想留在家里。我终于弄明白,原来他不敢在幼儿园做早操。他太自卑,太难为情。以为他的动作,定是极古怪的,定会引起哄笑。

我便答应他,做早操时,到幼儿园去看他。我说话算话。他在院内做操,我在院外做操。有了我的奉陪,他的胆量壮了。

事后我问他:“如果你连当众伸伸胳膊踢踢腿都不敢,将来你还敢干什么?比如看见一个小偷在公共汽车上扒人家腰包,你敢抓住他的手腕吗?”

他沉吟许久,很严肃地回答:“要是小偷没带刀,我就敢。”

我笑了,先有这点儿胆量也行。

我又对他说:“只要你认为你是对的,谁也别怕。什么也别怕!”

我希望我的儿子在这一点将来像我一样。谁知道呢?

总而言之,我不是位尽职的父亲。儿子天天在长大,今年就该上学了。我深知我对他的责任,将更大了。我要学会做一位好父亲,去掉些自私,少写几篇作品,多在他身上花些精力。归根到底,我的作品,也许都微不足道。但我教育出怎样一个人交给社会,那不仅是我对儿子的责任,也是我对社会的责任。

我不希望他多么有出息——这超出我的努力及我的愿望。

我开始告诉儿子……

儿子九岁。明年上四年级。

我想,我有责任告诉他一些事情。

其实我早已这样做了。

儿子爱画。于是有朋友送来各种纸。儿子若自认为画得不好,哪怕仅仅画一笔,一张纸便作废了。这使我想起童年时的许多往事。有一天我命他坐在对面,郑重地严肃地告诉他——爸爸读小学三年级的时候，从来没见过一张这么好的纸。爸爸小时候也爱画。但所用的纸，是到商店去捡回来的，包装过东西的，皱巴巴的纸。裁了。自己订了。便是那样的纸，也舍不得画一笔就作废的。因为并不容易捡到。那一种纸是很黑很粗糙的。铅笔道画上看不清。因为那叫“马粪纸”……

“怎么叫‘马粪纸’呢？……”

于是我给他讲那是一个怎样的年代。在那样的一个年代，几乎整整一代共和国的孩子们，都用“马粪纸”。一流大学里的教授们的讲义，也是印在“马粪纸”上的。还有书包，还有文具盒，还有彩色笔……哪一位像我这种年龄的父母，当年不得书包补了又补，文具盒一用几年乃至十几年呢？

……

“爸爸，我拿几毛钱好吗？”

“干什么？”

“想买一支雪糕吃。”

我同意了。几毛钱就是七毛钱。因为一支雪糕七毛钱。

于是儿子接连每天吃一支雪糕。

有一天我又命他坐在对面，郑重地严肃地告诉他——七毛钱等于爸爸或妈妈每天工资的一半。爸爸从小学一年级到六年级，总共吃了还不到三四十支——当然并非雪糕，而是“冰棍”。且是三分钱一支的。舍不得吃五分一支的。更不敢奢望一毛一支的。只能在春游或开运动会时，才认为自己有理由向妈妈要三分钱或六分钱……

我对儿子进行类似的教育，被友人们碰到过几次。当着我儿子的面，友人们自然是不好说什么的。但背过儿子，皆对我大不以为然。觉得我这样做父亲，未免的煞有介事。甚至挖苦我是借用“忆苦思甜”的方法。

友人们的“批判”，我是极认真地想过的。然而那很过时的，可能被认为相当迂腐的方法，却至今仍在我家里沿用着。也许要一直沿用到儿子长大成人。打算在他干脆将我的话当耳旁风的时候打住。

所幸现今我告诉了他的，竟对他起到了一定的影响。

一次，儿子把作业本拿给我看，虔诚地问：“爸爸，这一页我没撕掉。我贴得好吗？”

那是跟我学的方法——从旧作业本上剪下一条格子，贴在了写错字的一页上。

我是从来舍不得浪费一页稿纸的，尽管是从公家领的。

那一刻我内心里竟十分的激动。情不自禁地抱住他亲了一下。

“爸爸，你为什么哭呀？”

儿子困惑了。

我说：“儿子啊，你学会这样，你不知爸爸多高兴呢！”

我常常想，我们这一代人中的绝大多数，都是拉扯着我们父母的破衣襟，跟着共和国趔趄的步子走过来的。怎么，我们的下一代消费起任何东西时的那种似乎理所当然和毫不吝惜的损弃之风，竟比西方富有之国富有之家的孩子们要甚得多呢？仿佛我们是他们的富有得不得了的爸爸妈妈似的。难道我们自己也荒诞到这么认为了吗？如果不，我们为什么不告诉他们一些他们应该知道的事呢？

我的儿子当然可以用上等的复印纸习画，可以有许多彩色笔，可以不必背补过的书包，可以想吃“紫雪糕”时就吃一支……

但他必须明白，这一切的确便是所谓“幸福”之一种了！

我可不希望培养出一个从小似乎什么也不缺少，长大了却认为这世界什么什么都没为他准备齐全，因而只会抱怨乃至憎恶的人。

无忧无虑和基本上无所不缺，既可向将来的社会提供一个起码身心健康的人，也可“造就”成一批少爷。

而这个国家这个民族，是再也养不起那么多少爷的。现有的已经够多的了！

难道不是吗？

少爷小姐型的一代，是对任何一个国家一个民族最大的报应。而对一个穷国一个正在觉醒的民族，则简直无异于是报复。

曹文轩散文两篇

◎ 曹文轩

回归经典

这是一个追求时尚的时代,阅读也是如此。

时尚成为一望无际的灿烂花田,人们犹如采蜜之蜂蝶,嗡嗡然飘飘然趋之如潮,唯恐那花田于瞬间烟消云散。即使少年儿童的阅读,也是沉浸在一片令人眼花缭乱的热闹之中。某些光怪陆离的卡通,故作痞子样的一些少年作品,铺天盖地、咋咋呼呼、一副反叛面孔、一口野蛮腔调、一股深秋凉风的网上文学,吸引了成千上万双纯情而又充满好奇的眼睛。这些图画与文字,最大的功能就在于让那些涉世未深的孩子陷于欢乐的疯狂。

这是一个享乐主义的时代,一个平庸的时代。相比从前,人们虽然少了温饱之虞,但也失去了心灵的丰盈和目光的深沉。在毫无质量可言的傻笑之中,人的心灵变得苍白,目光变得浅薄。浮躁人生,从此开始。

此刻,我们谈论对经典的阅读,就显得比以往任何时候都要有意义。只有回到对经典的阅读上、将阅读经典作为阅读的基础,我们才有可能获得一个理想的阅读格局,也才有可能将我们从享乐主义的泥淖中解救出来。经典就是有这样神奇的力量。

何为经典?在我的印象中,它们犹如高山,我们需要仰视。如此阅读,是愉快的,却又是神圣的。与这样的书籍邂逅,是一种幸福。其阅读过程本身就是一种修炼。它们会在悄然无声之中,将阅读者引入一个圣洁的世界,一个使灵魂得到净化的世界。对一般读物的阅读,是平视的,甚至是俯视的。这样的阅读或许很快乐,但一个人如果总是在这样的阅读状态中流连,是难以获得精神上的提升的,过于轻松与平易,过于放肆与轻慢,会使我们的人生失去应有的庄严与凝重,甚至会跌落到一种玩世不恭的境地。

强调阅读经典,就是因为经典为我们确定了一种境界。这种境界非平视所及,因为它在我们的上方,需要我们仰视。仰视是人类的一种必要的姿态,在这一姿态的确立过程中,凡世的嘈杂渐渐遁去,心灵的杂念渐渐淡化,那时我们看到了天穹,看到了太阳,我们的肉体与灵魂开始了腾飞。在一番严肃与认真中、在一番陶冶与感化中,我们变得纯洁与高尚。这一姿态是优雅的,是经得起审美的目光的。

悲悯情怀是经典的基本品质。经典名著,无论是喜剧的还是悲剧的,都衬着这个浑厚的底子。它在做一个与天地共在的文章——感人的文章。它给我们的不仅仅是深刻的思想,还有情感。经典的意义之一就在于它有情感教育的功能。我们现在所处的这个时代,既是一个穷凶极恶地追求物质的时代,也是一个穷凶极恶地追求思想的时代,而一样同等重要甚至是更为重要的东西却被忽略了,这就是情感。情感是人类生存的最基本的东西。

人之所以为人，人类社会之所以维持了数千年的运转，就是因为有“情感”二字的温馨浸润。而在这个一门心思用在所谓“现代化”的时代，人的情感正在日甚一日地变得淡漠。面对这样的状况，当下的文学（包括儿童文学），非但没有警觉，却在推波助澜。当成人文学如同挖掘财宝一般挖掘人性的丑恶而企图达抵冰冷的深刻时，儿童文学则借口当下生活痛苦不堪而将文字大量交给了嘻嘻哈哈、热热闹闹。不断制造的雪片一般飞满天空的文字，目的却只有一个：嬉笑。

与成人文学一样，儿童文学也在放弃让人感动的文章。这样的情况实在是糟糕。我们有理由重新看重经典名著，因为，这些经典作品所营造的世界，正是一个情感的世界。在这个世界里，无论是在笑声中还是在哭泣声中，都在张扬使人变得更加人性化的悲悯精神。受伤的心灵可以在这里获得慰藉，冷漠的心灵可以在这里重新点燃情感的热火。它们将告诉读者，情感是多么的重要，多么的美好，多么的值得加以颂扬。

记得在一次会议上我这样说过：如果一个孩子不能回归经典性的文字，却长期沉沦在轻飘的、只有快乐而没有忧伤的时尚文字之中，那么，我对这种阅读在建构孩子的精神世界和培养孩子优良的心理素质方面究竟起到了什么样的作用则表示深深的怀疑；时尚阅读是必要的，但一种正当的、有效的阅读，应该将对经典的阅读看成是整个阅读过程中的核心部分；一个孩子的理想阅读，应从经典开始。

我喜欢这样的一种表述。

前　方

一辆破旧的汽车临时停在路旁，它不知来自何方？它积了一身厚厚的尘埃。一车人，神情憔悴而漠然地望着前方。他们去哪儿？归家还是远行？然而不管是归家还是远行，都基于同一事实：他们正在路上。归家，说明他们在此之前，曾有离家之举。而远行，则是离家而去。

人有克制不住的离家的欲望。

当人类还未有家的意识与家的形式之前，祖先们是在几乎无休止的迁徙中生活的。今天，我们在电视上，总是看见美洲荒原或者非洲荒原上的动物大迁徙的宏大场面：它们不停地奔跑，翻过一道道山，游过一条条河，穿过一片片戈壁滩，其间，不时遭到猛兽的袭击与追捕，或摔死于山崖，淹死于激流。然而，任何阻拦与艰险，也不能阻挡这声势浩大、撼动人心的迁徙。前方在召唤它们，它们只有奋蹄挺进。其实，人类的祖先也在这迁徙中度过了漫长的光阴。

后来，人类有了家。然而，先前的习性与欲望依然没有寂灭。人还得离家，甚至是远行。

外面有一个广大无边的世界。这个世界充满艰辛，充满危险，然而又丰富多彩，富有刺激性。外面的世界能够开阔视野，能够壮大和发展自己。它总在诱惑着人走出家门。人会在闯荡世界之中获得生命的快感或满足按捺不住的虚荣心。因此，人的内心总在呐喊：走啊走！

离家也许是出自无奈。家容不得他了，或是他容不得家了。他的心或身一起受着家的压迫。他必须走，远走高飞。因此，人类自有历史，便留下了无数逃离家园，结伴上路，一路风尘，一路劳顿，一路憔悴的故事。

人的眼中、心里，总有一个前方。前方的情景并不明确，朦胧如雾中之月，闪烁如水中之影。这种不确定性，反而助长了人们对前方的幻想。前方使他们兴奋，使他们行动，使他们陷入如痴如醉的状态。他们仿佛从苍茫的前方，听到了呼唤他们前往的钟声和激动人心的鼓乐。

他们不知疲倦地走着。

因此,这世界上就有了路。为了快速地走向前方和能走向更远的地方,就有了船,有了马车,有了我们眼前这辆破旧而简陋的汽车。

路连接着家与前方。人们借着路,向前流浪。自古以来,人类就喜欢流浪。当然也可以说,人类不得不流浪。流浪不仅是出于天性,也出于命运。是命运把人抛到了路上。

即便有许多人终身未出家门,或未远出家门,但在他们内心深处,仍然有无家可归的感觉,他们也在漫无尽头的路上。

人们早已发现,人生实质上是一场苦旅。

坐在这辆车里的人们,将在这样一辆拥挤不堪的车里,开始他们的旅途。我们可以想象:车吼叫着,在坑洼不平的路面上颠簸,把一车人摇得东歪西倒,使人一路受着皮肉之苦。那位男子手托下巴,望着车窗外,他的眼睛里流露出一个将要开始艰难旅程的人所有的惶惑与茫然。钱钟书先生的《围城》中也出现过这种拥挤的汽车。丰子恺先生有篇散文,也是专写这种老掉牙的汽车的。他的那辆汽车在荒郊野外的半路上抛锚了,并且总是不能修好。他把旅途的不安、无奈与焦躁不宁、索然无味细细地写了出来:真是一番苦旅。当然,在这天底下,在同一时间里,有许多人也许是坐在豪华的游艇上、舒适的飞机或火车上进行他们的旅行的。他们的心情就一定要比在这种沙丁鱼罐头一样的车中的人们要好些吗?如果我们把这种具象化的旅行,抽象化为人生的旅途,人们不分彼此,都是苦旅者。

人的悲剧性实质,还不完全在于总想到达目的地却总不能到达目的地,而在于走向前方、到处流浪时,又时时刻刻地惦念着正在远去和久已不见的家、家园和家乡。就如同一首歌唱到的那样:回家的心思,总在心头。中国古代诗歌，有许多篇幅是交给思乡之情的："日暮乡关何处是？烟波江上使人愁。"（崔颢）"近乡情更怯，不敢问来人。"（宋之问）"还顾望旧乡，长路漫浩浩。"（《古诗十九首》）"家在梦中何日到，春来江上几人还？"（卢纶）"不知何处吹芦管，一夜征人尽望乡。"（李益）"未老莫还乡，还乡须断肠。"（韦庄）……悲剧的不可避免，在于人无法还家；更在于即便是还了家，依然还在无家的感觉之中。那位崔颢，本可以凑足盘缠回家一趟，用不着那样伤感。然而，他深深地知道，他在心中想念的那个家，只是由家的温馨与安宁养育起来的一种抽象的感觉罢了。那个可遮风避雨的实在的家，并不能从心灵深处抹去他无家可归的感觉。他只能望着江上烟波，在心中体味一派苍凉。

这坐在车上的人们，前方到底是家还是无边的旷野呢？

林东的故事

◎ 梅子涵

我希望你们能够接受这种写法。读得耐心点。小说也应该有各种各样的写法。我是一直采用各种各样写法的。

——作者

林东是我的朋友。林东是个中学生。林东功课好，所以考取的重点中学是市重点。林东考取市重点以后开始一直没有名列前茅过，名列前茅是指前三名，但现在开始有时名列前茅了，现在他是初三。他没有名列前茅时他父亲说，林东，我告诉你哦，你不要喇叭腔，一直不名列前茅！林东说，我知道了。林东家在我家隔壁，他们是四十六号，我是四十七号。

林东的父亲是我小学同学中学同学，我们的中学就是现在林东的中学。林东的父亲叫林应成。林东的父亲和我是“老三届”，“老三届”是怎么回事我就不解释了，你们去问你们的父母、你们的老师、你们的父母的父母吧，所以他到黑龙江当知青我到上海郊区农场当知青。

林东生出来时，我刚刚考进大学，林东的父亲对我说，小毛头生出来了，蛮好玩的，后来我就去看了，帮小毛头买了一套新衣服，林东的父亲对着闭着眼睛的小毛头说，以后长大了像梅叔叔一样也上大学哦。我说，什么，叫我梅叔叔，到底是我大还是你大？林东的父亲说，当然是他大，怎么会是我大，结果发现真的是他大，他九月份出生，我十一月份出生，所以林东就叫我梅叔叔了。

林东考中学时，他父亲说，你帮林东复习复习语文吧，帮他看看作文。我说好的，但是我一点也没有把握的哦，现在的语文跟我们老早不一样，作文的标准也跟我在大学里学的不一样，大学是大学，小学是小学。我对林东说，你还是要照老师讲的去做去写，否则考试会豁边的。林东说，我知道。林东没有豁边。林东考取了市重点。林东后来到了圣诞节就想到给我寄卡了。卡上的署名是：你的朋友林东。我也给他寄卡，署名是：你的朋友梅子涵。

林东长得比较高。林东有时戴眼镜，有时不戴眼镜。林东上学骑一辆山地车。林东原来上学骑的是一辆旧“永久”，被偷掉了，就买了一辆山地车。林东说，肯定还要被偷掉，现在偷自行车的人多得不得了。林东不打篮球。林东的父亲上中学时最喜欢打篮球。林东的父亲打篮球喜欢独吞，动作是蛮花的，但投不中。跟人家班级比赛时，我们在边上看，总要说，臭哦，林应成，又独吞，投么投不中！林东说什么时候有空打篮球，学校里搞卷子轰炸。

他们学校现在是市里最好的几所重点中学之一，他们老师说，我们靠什么，就靠卷子轰炸，做卷子！做卷子！你们别喊怎么卷子这么多，别喊，喊个屁呵。你们考高考中想不想仍旧进市重点，想不想考大学全国重点大学，那好，就做。道理蛮简单的，再简单也没有了。我说，别说你们是这样，小繁子在上四年级已经是这样。小繁子是我女儿。小繁子现在没有时间再练钢琴了。除了要做多得昏过去的功课，还要上夜校，上星期天的学校。

区里的进修学院上，少年科技站上，还要到一个黄老师家去上。提高班、尖子班、强化班、数学奥林匹克班。据说以后小学毕业考重点又跟你们那时不一样了，先学校考，再到你要考的那个重点中学考，卷子由重点中学出，出奥林匹克的，出匹林奥克的，他们才不管你学过没学过。我说，不过你的确要争取高中继续进市重点，要争取考上大学、全国重点大学。林东说，他父亲说如果他考不取，就杀了他，然后同归于尽。如果他考不取，他（林东）不跳楼，他（林东父亲）也会跳楼。我说，他这是乱说的，林应成这个瘪三专门乱说。林东说，他不是乱说的也没有关系，我反正不可能考不取。我说，你这样非常潇洒。

林东每天喝两瓶牛奶。林东的午餐是在学校吃"宰宰"盒饭。林东听外语是用一只东芝的 Walkman。林东在家里做家务最多是上学时顺便拎一只装垃圾的马夹袋扔进经过路上的垃圾箱里。林东口袋里有皮夹子，皮夹子里始终有零花钱，不是一块二块五块十块，而是十五块二十块三十块四十块……但是林东不同意他父亲说：你们现在不要大幸福哦。林东说，我们幸福个屁啦。

林东说，我爸爸喜欢对我说，你们现在不要太幸福哦。他这样说，是指我每天喝两瓶牛奶，是指交学费书费各种各样稀里糊涂的费他从不拖欠，还要交费到"前进"读NEW—CON，星期天上"民进"班听课，每个月不知要交掉多少钱；是指我中午吃"荤荤"盒饭，晚上的菜往往丰富多样，有时还有可乐、汽水、啤酒；是指我有很多衣服，（林应成在商店里碰见我，他指指一件墨绿色的皮茄克对我说，想帮林东买。我说帮帮忙了林应城，九百多块钱哦，林东还要长高，他有得长，你买了，他很快就会嫌小。）是指我有山地车，身上总有零花钱，家里总有吃不完的东西，我妈妈还要老烧一锅八宝粥，里面放桂圆肉、核桃肉、红枣、枸杞、白糯米、黑糯米、花生米、松仁、莲心、赤豆、白云豆、红云豆，我妈妈说，你来看看，这已经不是外面卖的八宝粥，而是十二宝粥了，营养得不得了。

我说，比起我们小时候，你们当然不要太幸福了，你们这些小赤佬不要没有良心。我知道林东说幸福个屁啦是指读书读得要死掉。是指玩的时间也没有。是指看电视的时间也没有。是指放暑假放寒假林应成还跟在后面喊，抓紧点抓紧点林东；林东，你给我抓紧点抓紧点哦！就像梅子涵跟在小繁子后面喊，抓紧点抓紧点小繁子；小繁子，你给我抓紧点抓紧点好不好！小繁子就偷偷地说，有毛病的。我说，你说谁有毛病呵？我说，你以后不准说大人有毛病知道吗，小繁子说知道了。

林东说，你们小时候，学校可以申请减免费的是吗，我说，是的。林东说他爸爸就申请的。我说，那时候，书费三块，学费六块，乱七八糟的费一分钱不收。林东说，九块钱还要减免呵！我说你这个朋友不懂。

林东说，你们小时候，早晨总是吃泡饭咸菜是吧。我说有时也吃大饼油条豆腐浆。但那是偶尔的。大多数时候吃泡饭，吃咸菜、什锦酱菜、豆腐乳、萝卜干。没有牛奶。至少我是没有资格喝牛奶。订牛奶的人家很少很少的，喝两瓶牛奶不可想象。

我爸爸说，他肚子总是一会就饿了。你们班里有个女生叫俞敏，她爸爸是水产学院教授，坐在他隔壁一组，她每天课间时都要从书包里拿出一个馒头吃。我爸爸馋得要死，他就偷看。天天看，但她一次也没有看见他在偷看。

你爸爸简直和我英雄所见略同。你爸爸简直说到我心坎里去了。

我也偷看，我坐在你爸爸隔壁一组，我要越过你爸爸他们一组看，那个馒头是二两的。不是精白粉的，是标准粉，标准粉懂吧，就是不白也不黑。我现在知道了，俞敏那时候的馒头肯定都是在水产学院的食堂里买的，大学食堂里都有馒头买，俞敏家是住在水产学院里的。

我说，你爸爸这个瘪三怎么天天看，我不是天天看的。

肚子的确是蛮饿的。咕——一声，咕——一声，一直在叫。有的时候第四节课还要上体育课。杨老师让我们高抬腿。一二三四——一二三四——一二三四一二三四——一二三四一二三四用力用力。他还让我们由校门口出发，沿双阳路跑到周家嘴路，拐变到隆昌路，再拐弯到控江路然后拐弯回到学校。他骑着自行车喊，加油加油，好的，加油——加油，速度出来了，蛮好，加油！他还让男生女生一起跑，打混仗，然后朝你喊，女同学追上来啦，小姑娘追上来啦。结果跑在最后面的是长豇豆沈伯华。我们说，沈伯华，你算了吧哦，跑不过小姑娘！沈伯华瘦得像长豇豆。

我还对林东说，我们那时，中午在学校吃饭的很少。那时，舍得让小孩在学校吃饭的人家很少。我们班只有俞敏他们几个吃。我们要奔回家。四百米速度就是这样练出来的。练脚劲。

我还对林东说，我们那时身上有一角钱就蛮心花怒放了，有两角钱就激动万分了。放学时，几个有一角钱和两角钱的男生一起到对面店里吃八分钱一碗的阳春面。把桌子上的醋倒光，把桌子上的辣椒也倒光，像前世没吃过一样，哪个像你们这样潇洒哦，走过来买一根一块钱的冷饮，走过去又买一根一块钱的冷饮，钱多得不得了。

林东说，但是我认为，你们那时不是也蛮有劲吗，不要读书，不要考试，搞搞“文化大革命”，我爸爸说，人家一天到晚写大字报，他不写，他专门到外面去大串联，他到北京去过两次，他一共到外面大串联过四次。大串联的时候坐火车不要钱的是吧，我爸爸说，有的地方吃饭也不要钱的。

1966年初夏，“文化大革命”全面开始。初中升高中考试停止。高中考大学也停止。中学生们不上课了。他们开始造反。他们开始贴大字报。他们开始乘火车到外地去。就是所谓的大串联。他们就如此这样地干了两年革命，1968年开始毕业分配，有的进工厂，有的下乡上山去农村。关于这一些历史，你们也最好详细地问一问你们的父母、老师以及一切知道的人。你们需要知道，否则你们就不明白什么叫大串联，看不懂写文化大革命的小说等。而作家是不可能老在作品里去解释它们的。

——作者

我说，大串联是蛮好玩的。但是不读书有什么好玩，你爸爸现在会说，文化大革命不读书，下乡上山，很好玩？要么他有神经病。你去问问所有的“老三届”，所有因为“文化大革命”而没能继续上学读大学的人，哪一个不抱怨得要死，不遗憾得要死，不一说起来就“唉唉”地叹气，恨不得一切都不算，重新开始一次。

你爸爸也绝对是这样的。他恨不得革命的历史车轮能倒转一次。他所谓的要杀你，要跳楼，其实就和他的“遗憾”等等有关系。我认为有关系。它是一种“情结”。就是说一个人曾经有过什么愿望、理想，因为什么原因没能实现，于是一直忘不了它、解不开它，一有机会就希望通过别的途径来寄托、满足、实现。就像我一定要小繁子将来考上北大、清华或者是我曾经考过的那个第一流大学一样。因为我没有考取。因为我后来上的那个大学没有什么名气。不是我没有水平，而是因为我和你爸爸都是初中毕业，没有上过高中的课。但是题目都是高中的。我拼命复习还是有的不懂。而且没有人教我应该怎样复习、怎样考试、有哪些注意事项。

我在农场里一面劳动一面复习，乱复习。我甚至不知道考试前一定要少喝水或者干脆不喝水，否则考到一半可能要小便。如果你要出去小便，那么就不可以再进考场了。可我偏偏喝水了。而且没有少喝水。早晨吃的是昨天晚上在小卖部买的芝麻饼。早晨四点半就起床到场部乘场部的拖拉机到县里，等在考试的小学门口。没有别的东西吃只能吃芝麻饼。问题不在于吃芝麻饼。芝麻饼倒是还蛮好吃的，里面有枣泥，一角钱一个。问题是不能吃一口芝麻饼就喝一口军用水壶里的冷开水。我带了一军用水壶冷开水。吃一口喝一口。结果考到一半开始想小便了。其实进考场前我小过便的。我当时还想，把小便小掉，不要考到一半想小便了。宋明强他们当时还叫，把霉气小小掉，把霉气小小掉。宋明强也是我们一起的知青。我心里顿时紧张起来，呵哟我要小便了怎么办！注意力开始有些飘离。两条腿赶紧夹牢。不能一直去想呵哟我要小便了怎么办，否则怎么做题目。是考数学。有一道题目不大懂，但想到要小使了就不敢老在上面停留，下面还有好几道题目。要不去想呵哟我要小便了是不可能的。小便要小出来的感觉越来越厉害，好像就在口了。再也熬不住了，眼睛都开始迷乱起来，就要完全失掉控制。结果最后那道题看也没看，交掉卷子拉倒，拼命奔到厕所里。做好的题目都没验算过，而且还有两道题目没有做。宋明强考完了出来问我，你大概小便要小出来了是吧。我懊悔得要死，蛮好就让它小在裤子上的，这下考不取了。

还好，我后面几门功课拉了点分。后面几门考的时候，我一滴水也没有喝。

我没有考取那个第一流大学。所以我一定要小繁子将来考上。考上一个第一流大学。北大、清华。

我们不是都去当工人农民了吗，后来又怎么会考大学的呢，关于这一点，你们最好去问一下。我写我考试、小便要小出来这一段，是为了举例说明什么叫“情结”，对此，我觉得似乎要说明一下，我怕挑剔的评论家会说我好像有点离题。

——作者

是的，刚宣布升学考不考的时候，我们是有点蛮“激动”的。我还和鸡一起，在黑板上写热烈欢呼的标语。鸡叫段继良。鸡是他的绰号。他上体育课跳高喜欢用箭式，结果不知怎么大家就叫他鸡式了。后来又省略了“式”，变成鸡。鸡会写美术字。我们俩不约而同地就在黑板上写起“热烈欢呼”来。他写，我帮了勾线。我们后来还去游行。不是我和鸡两个人去游行，是整个班级游。整个初三、整个高三、整个学校。实际上那时整个上海整个中国的中学可能都游过。最多就是有的游的路短一点，有的游的路长一点，有的游了几条路就回来了。有的游了几条路还继续往前游，转一个很大的圈子然后才回来。

我们好像是游到市政府去了。我记得我们好像是游到市政府去的。就是在现在的希尔顿宾馆附近。我已经记不清当时我们十三点兮兮地喊了些什么口号。“中心思想”肯定是“热烈欢呼”和“把无产阶级文化大革命进行到底”。脑子全部坏掉了。其中北京最起劲。强烈要求停止升学考就是北京两个中学提出的，有一个还是女中，一帮小姑娘。

当时，我们高中志愿已经填好了，我填复旦附中，鸡好像也是填复旦附中，你爸爸是填本校，如果考，我们都有可能录取，但是我们却都要热烈欢呼考试不考了。

我们很纯洁我们很高尚是么。我们很幼稚是么。我们屁也不懂是么。我对林东说，你可以对现在的教育有意见、不满，但你不要说我们那时不能读书也蛮有劲，否则我也要说你是屁也懂。你根本不可能知道我们后来是何等想读书哦。我每次从农场到一个叫奉城的镇上去，明明有三条路，左面那条最近，中间的第二近，右面那条最远，可我却偏偏从右面的走，原因是右面的路上有一个中学，我可以从路边墙篱笆的洞洞眼里看见学校。教室、学生、操场、旗杆……

——作者

我说，林东，你不懂。

林东认为，但是无论如何，像他们现在这样读书，肯定是太过分了。

我说，我同意，绝对太过分！但是我问林东，人人都说现在的小孩没有童年，现在的学生负担太重，但是人人都在继续使他们的小孩没有童年，他们的小孩在学校读书还不够，他们还要领着他们的小孩乘车子到别处去读书，到进修学院读，到少年科技站读，到黄老师家读，到绿老师家读，到处读，这是为什么？

是因为存在重点中学，存在区重点和市重点，存在重点大学，存在第一流大学和第二流大学、第三流大学和第四流大学，还有根本不能算大学的大学，存在你能考取大学而他却考不取大学的可能，是因为社会在竞争，什么都在竞争，所以小孩子读书也要竞争，是因为大家都想竞争，大家都想让自己的小孩超过别人的小孩，自己的小孩超过别人的小孩也就意味了自己有点超过别人，所以你如果只在学校读，不到别的地方去继续读，别人却仍旧会到别的地方去读，到处去读，如果你发现，我还是应该去读，否则会完蛋，结果你只得还是去读了，还是加入了那个鬼子拼命的行列。你不做卷子可以，你要轻松、愉快、有劲可以，但是如果你是一个要求上进的人，那么当别人不轻松、不有劲、鬼子拼命的时候，你也就不可能轻松……因为你会有压力。

你说是不是这样？

事情复杂得不得了，谁都难以解决，谁都难以一下子解决。

我建议林东，在事情没有改变之前，你只能这样去读，没有办法的。我就让小繁子这样去读，尽管我很心疼。我也给她喝两瓶牛奶。买很贵的虾很贵的鱼给她吃，使她身体健康精力充沛。

只能这样，别无选择。

——作者

林东不一定同意我的话。就像我自己也不一定同意我自己的话。小繁于对我说的类似的话则一直懵懵懂懂。她以后再长大些也可能不一定同意我的话。当然，也可能，以后林东和小繁子又都同意我的话了，认为我的话有道理。这等到以后再说吧。不急的。

林东没有抽过香烟。没有抽过香烟是林东自己说的。林东说抽香烟又不等于是男子汉。林东没闯过什么祸，不跟人打架。其实林东的手是蛮大的，肌肉也比较发达。我对林东说，一个男人，不能从来不打架，该打的时候还是要打，打输掉就打输掉，我在农场时就跟一个叫陈孟彪的打过，还跟一个叫乔老爷的打过，前两年，我还在桂林路的十字路口打呢，一个打俩，他们骑车碰了一个女同志，不但不道歉，反而争着争着就动手了。好吧，动手就动手吧，我可要路见不平了。那两个家伙是兄弟俩，当哥的年龄起码三十多了。

我把当哥的脸打肿了，我的一只袖子管被拉得要掉下来。但是林东喝啤酒。甚至也能喝白酒。我上他们家吃饭，或是他们上我家吃饭，我们都要喝些啤酒。我说我们来干一杯，林东就举起杯子干了。林东喝啤酒风度很好，只喝两杯，面不改色。林东不跟邻居小姑娘说话，进门出门都是目不斜视。林东来我家，跟小繁子说话也只是三言两语。林东在学校里跟不跟小姑娘说话我没问。林东对学校的情况往往都不知道，譬如我问他体育教研室的杨老师还在不在，他说不知道。我问他传达室有没有一个叫老孟的，是苏北人，人不凶的，嘴巴里有一颗金牙齿，他说不知道，他说传达室里有好几个人。

我说，你们学校里有特级教师吗，现在不少学校有特级教师，他说不知道，他说好像有的吧。林东不看通俗小说。他不是说什么时候有空看那种东西，而是说那种东西有什么看头。他有的时候会买一本很不错的书回来，有一次买了一本《永别了，武器》，是海明威写的，有一次买了一本《世界名犬宝典》，我看到了，一翻，相当好，结果也去买了一本。前些天，在楼下碰到，他说，他买了一套《世界散文随笔精品文库》，有俄罗斯卷、美国卷、法国卷、日本卷、德语国家卷、英国卷、拉美卷、东欧卷，一共八本。

我说，多少钱，他说，五十八块七角。我说，你是用过年压岁钱买的是吗，他说，不用压岁钱用别的钱也够。后来，我在马楷书屋看到了这套书，很漂亮，俄罗斯卷叫《白天的星星》，英国卷叫《玫瑰树》，法国卷叫《那天夜里我看见了巴黎》，日本卷叫《四季的情趣》，美国卷叫《我有一个梦想》，拉美卷叫《我承认我历尽沧桑》，东欧卷叫《桔黄色，旅行中的奇妙瞬间》，德语国家卷叫《向情人坦白》，但是我却没舍得买。林东也是在马槽书屋买的。马槽书屋在后面钦州南路上。钦州南路开了一爿马槽书屋就是林东告诉我的。书屋老板是个退休的老师。林东说，他去买书，退休老师告诉他，耶稣就是诞生在马槽里的。

林东的故事很多，但是总该有一个结束的时候。

我想就到这儿结算了，因为我还有别的事。是的，我讲了半天，这些所谓的故事其实没有一个能算是故事，它们能算是什么故事！这就请你原谅了。再说，故事难道果真有那么重要吗，重要得不得了？有一位非常著名的英国作家叫佛斯特，佛斯特说过以下的话：

"有些人除故事外一概不要——完完全全是原始性的好奇心使然——结果使我们其他的文学品味变得滑稽可笑。

故事……它只有一个优点：使读者想要知道下一步将发生什么。反过来说，它也只能有一个缺点：无能使读者想要知道下一步将发生什么。"

你认为佛斯特先生的话佛斯特同志的批评是不是有道理是不是值得考虑值得研究值得接受？

另外，我忘了说一件应该提一下的事，林东的山地车又被偷了。他说过，肯定还会被偷掉的。现在偷自行车的人不得了的多，请大家提高警惕。他是停在路边没锁上去买了一根冷饮就被偷掉了，一转身的时间。我说，才三月份，买什么冷饮！

鸡后来去了内地工厂。

俞敏分配在被单厂。

林东的父亲从黑龙江回来进了公交公司，在43路车站当调度。天天在喊“本班车/1950/方向/南浦大桥/4站停”的那个就是他。林应成没有读大学，鸡和俞敏也没有读大学，“老三届”没有读大学的很多。原因各种各样。基本的原因是“文化大革命”。问我是不是小便要小出来的宋明强考取了华东师大，他是高中生。

——作者

那院的花红树和那年的白月光

◎ 一路开花

记忆中，那是一棵遮天蔽日的花红树。花红树下有口老井，井壁四内爬满厚厚的青苔。这棵树和这口井都生在一个酒铺的院子里，酒铺的主人是个老头，约莫九十来岁，用云南方言来说，我们得叫他老祖（曾祖辈）。

这是条老街，经常停水。只要一停水，老街的几十口人都会排队去这间酒铺打水。

有一次停水，我跟父亲挑着担子进了小院。一进小院，我就被那棵葳蕤的大树吸引住了。巨大的树阴像翅膀一样，把院子遮捂得严严实实。青石板上密草丛生，雕花的木门上爬满了绿叶，仰头而望，高展的枝叶间挂满了香气逼人的花红果。

父亲说，这棵树的年纪和老祖不相上下，均在百年左右。

我那时不过十二岁，百年对我来说，实在是串遥远的数字。

再后来，听说老祖身体不适，酒铺便交给了他儿子打理。他儿子在我看来，也是位老人，年近七旬，我得叫爷爷。

父亲经常会在午饭的时候塞给我一块钱让我去打酒。他看起来特别和蔼，总会在打酒的时候问我许多问题，比如“你是哪家的孩子啊？叫什么名字啊？”“你几岁啦？念几年级啊？”等等。

听父亲说，他是个老教师，很有文化，我深信不疑，因为他虽然年纪大，但说话特别文雅，不像父亲，动不动就对我骂骂咧咧，乱爆粗口。

第一次吃花红果，是在暑假的一个午后。隔壁的小伙伴从兜里掏出一个塞给我说，尝尝。我放在手里仔细端详，发现这散发着诱人香气的小果子，简直和苹果长得一模一样。

我爱极了它的味道。酸甜清冽，脆实可口。吃完后，他又塞给我一个说：“好吃么？跟我一起去摘吧，那家院子里有好大一棵花红树，上面结了好多好多的花红果！”

“骗人！根本进不去好吧？进院子只有一条小路，那条小路必须经过酒铺。爷爷就在酒铺里坐着呢！”我心里有点慌张，因为我从没商议过这样的事情。

“傻瓜，你没发现隔壁的老房子空着吗？只要爬上这座老房子的围墙就可以够到花红果了，知道不？难道你没看见那花火果长得到处都是？”

当夜，他带着我，在清凉的月光下偷回了第一批花红果。直到今天，我都还清晰地记得当时的景况。

月光像只明亮的眼睛，高挂在远方的黑暗里，使人心里发怵。我怀抱着满满一袋果子，越跑越害怕，越跑越孤独，怎么也摆脱不了头顶的月亮和母亲在我心里树立的神明。

刚进门，我就被父亲叫住了，当他看到那满满一怀的花红果，顿时怒不可遏。他从腰间解下皮带，把我打得鬼哭狼嚎，讥讽我是李氏门中的第一个小偷，算是给祖宗长了脸。

我一边哭一边求饶:“爸,这不是我偷的,这个是爷爷给我的,这个是爷爷给我的……”

当夜,父亲拉着我敲开了酒铺的小门。来开门的是那位和蔼的爷爷,他披着绿色的军大衣,看了看满眼泪水的我,又看了看父亲手中的皮带说:“你怎么能这么教育孩子? 太不像话了!”

“大爹,这些花红果是不是小海跑你们树上偷的? 我领他来给你道个歉。”父亲指着我怀里的花红果问爷爷。

“哪有的事? 我刚才见他在门口玩,特别可爱,就送了他一些,怎么能说是偷呢? 这么大棵树,这么多花红果,我们天天吃也吃不完啊!”爷爷说完之后,转身进屋,抻起一根竹竿,打了一地花红果,说要全部送我。

再后来,花红树挂果的每个夏天,只要我去打酒,他都会送我许多花红果。但对那夜的事,他始终只字不提。

几年后,我考去湖南念学,便与他断了联系。听母亲说,老祖走后没多久,他也就过世了。

听到这个消息,我心里由衷觉得难过。躺在异乡的床上,我时常想起他那和蔼的面容,想起那个古朴院子里的花红树,以及那年那夜的白色月光。

一件旧毛衣

◎ 周博文

小时候，家里并不富裕。父母都没有固定的工作，抚养我们姐弟俩上学实属不易，一家老小的吃喝温饱只能维持在最基础的状态。

现在，姐姐和我都上了大学，那些日子已经渐行渐远了。但每每回眸往事，童年时光又是多少人无法轻易释怀的，那细纱般的回忆宛如潮水会不断向每个人袭来，虽已幻灭却又那般美好。

我轻轻地打开宿舍床下的密码箱，那件妈妈织的旧毛衣依然安静地躺在那里。它占据了我心灵的一角城隅，常常提醒着我一种爱的哲学。

我又一次把它拿出来清洗，它已经显得非常窄小，甚至破烂，很多线头都已突出，蓬散在七色毛线之外。七色毛线，并不是当时为了打毛衣刻意买来的彩色毛线，而是手巧的妈妈东凑一点毛线，西凑另一点拼织起来的。

它最早是姐姐五岁生日那年妈妈织给她的生日礼物，我现在还记得当时姐姐和妈妈脸上那洋溢着的得意笑容。后来这件毛衣又变成我的，因为小时候姐姐长个快，到了七八岁，她就穿不下这件彩色衣裳了。

妈妈又悄悄地改动了一下毛衣的款式，作为我五岁时的生日礼物，妈妈手艺好，我也不会介意穿这件“新衣”了。

姐姐和我都要上小学了，各种各样我们的花费也越来越多，为了供我们俩读书，全家人生活变得更加拮据了。姐姐和我算是很听话的孩子，从来不乱花钱，甚至连每天早上父母各给我们的一元早餐钱都常常舍不得花完，剩下不管几毛钱都会交还给父母。后来爸爸给我们俩买了一个储蓄罐，好让我们把省下的钱都放进去储藏，等积累到一定程度爸爸就把钱拿出来给我们买课外书。

我上小学高年级了，学校周围有越来越多的面包房，我很喜欢吃面包的，但那个时候家庭条件还不允许我天天吃面包，我只能强制自己买包子馒头当早点。我从来不会吃同学给我的任何一点零食，我小小的自尊心总会认为那是一种男子汉不能要的施舍。看着自己整天架着个校服，而周围的同学却经常穿新衣服，买玩具，同学之间越来越重视物质上的攀比，我自己也开始自卑起来。

那个时候，一向被亲友传诵的那个乖巧的我开始偷偷拿出储蓄罐中的钱，买自己喜欢吃的面包，买大家都养的春蚕，大家都玩的四驱车。我竟然回去告诉我爸妈是吃小食品中奖得的这些小玩意儿，父母甚至从来没有怀疑过自己儿子的诚实。

纸是包不住火的，爸爸终究发现了已经空腹的储蓄罐，父母很自然地想起了我那些天的反常现象。爸爸怒的青筋突起，一把摔碎了储蓄罐，却没有打我，他们绝对想不到自己的儿子会做出这种事情来，但我很快承认了，也轻易拆碎了我们之间一直以来建立的信任的桥梁。

妈妈气得一手撕开了那件早已小得没法穿的，正被她拆散重打的毛衣，妈妈一针一针地捋开已经打了一半的毛衣。色差很大的毛线像一条条疯狂起舞的长蛇，被跑到我跟前的妈妈撕扯一团，一条一条的跟着妈妈的眼泪掉落下来，落到我的脑袋上，又像一条条蠕动的蜈蚣，咬伤了我的心。我忽然呜呜的大哭起来，顿时我发现当时自己家的贫困，也知道妈妈费了多少神，打弯了多少衣针才打好的毛衣，就因为我而变成这样，我似乎能看见透过毛衣的那闪现着的强烈刺眼与不屑的光线。它告诉我真的不能再这样了，再也不能了。

那天一上学校，很多调皮的男同学突然指着我说我是小偷，偷家里的钱。那以后，几乎整个学期都没人敢再跟我玩了。后来我才知道，是邻居家的和我读同一所学校的男孩子没搞清状况，听见父母早上对我的大声质问后，就疯跑到学校，断章取义地又结合着自己的思路，告诉同学们这则新闻。我并没有把这件事情告诉父母，也没有向同学们解释，我知道这是我应得的惩罚，我知道那一双双凄厉的眼睛是一个个严厉的提醒。我觉得自己已经长大了，不能再做错事了。

后来母亲竟又悄悄地把那一大堆拆过的，纠集一团的毛线清理出来，织了起来，已经织过不下三次的毛衣显得纹路凌乱，缝隙大小不一。妈妈怕我嫌弃，把这件“加工放大”的毛衣给了姐姐穿，直到后来我们都上了中学，那件衣服实在没法穿，改不动了，妈妈才舍得把它叠好放入衣柜。

上中学时，姐姐在学校组织向山区孩子捐衣物的活动，原本她是要把毛衣拿走的，但执拗的我说什么也不肯，毛衣顺利地留了下来。

再后来，我和姐姐都上了大学，在我上学前整理衣物时，我硬是把这件旧毛衣搜了出来放入行李箱，妈妈即不解又非常好奇地对我说，小时候你还嫌弃它，怎么现在要上大学你还非得费劲带着它呢？

我想我可能只是需要它吧，单纯的需要它。是因为它曾经记录过我那一段鲜亮的童年，曾经在童年时候给我传达的那一种无声的教育，一种贫穷的教育：脚踏实地，不去贪妄自己无法企及的东西，不被浮华的世事腐化的教育。

毛衣已经不只是毛衣了，那是一种爱的传承和接力：学会珍惜，平凡是真。

前些天，妈妈突然打电话给我要我把那件毛衣寄回家，她想把它改织成围巾给爸爸，冬天的时候坐自行车也可以避避风。听到这里我的眼眶不禁湿润，难以自持的我哭了一夜。也许这就是父母，也许这就是亲情吧，也许只有亲情才能让我们感到那一股不可掂量的爱的重量。

我挂上电话，拿着自己刚领到的一点稿费和助学金，为父母买了围巾，手套，保暖内衣。以后，我要试着偿还那永远难还清的亲情了。

我轻轻地叠好那一件微微残缺的旧毛衣，叠好那一段早已尘封的不算光辉的年少岁月。我知道，对于现在的我来说，我已经从那段灿烂的日子里，收获了我认为的最大的财富了。

第六辑

雨幕深处的呼喊

由于高林的努力，白水桥的坍塌也没有造成一人死难。高林的事迹惊动了媒体，当记者把话筒对准高林时，高林只说了一句话：我们所有人，都应该感谢那晚小树林里遇见的那位老大妈，她是路边假装迷路的菩萨，不光给了我一件救命雨衣，这雨衣还救了企图在那晚经过白水桥的所有人！

我姥姥

◎ 王天宁

我们坐着鱼腥味满仓的渔船登海岛，地板上落满晒得像枯叶一样生脆的鱼鳞。我不知何故想起了我姥姥。透过墨镜望着大海，海岛极渺小，像浮在海面上的一簇藻。

男人们在一只麻袋里抓起一把花生，剥皮啃，花生皮上粘着泥，他们的嘴角也粘着泥。忽一人指着海面大吼：“快看鲨鱼！”男人们惊诧，挺着啤酒肚跑到船边，脖子伸出船外张望。雾被海风吹散了，船一颠，水花满脸。

驾驶室里的渔民淡淡地说：“船还在防鲨网里头呢，哪里来的鲨鱼。”

几个四十几岁的男人哈哈笑着闹成一团。他们的妻子擎着遮阳伞，坐在被日头晒得滚烫的木桶上，嗔怪那个引起注意的男人：“都快五十岁的人了，闹什么闹！”

我望着他们。我就在这时候想起我姥姥。

在说我姥姥之前我想说说我奶奶。

你一定对屏幕上给观众洗脑一般播出的老年人形象印象深刻，她们长着慈眉善目的面孔；爱笑，皱纹深深；银发上别一根银簪，银钉在耳垂上扎出圆圆的洞；夏天的黄昏坐在门口的槐树底下乘凉、打扇；小辈犯错不气不恼；会熬香甜的糊糊和烙松软的肉饼。甚至时不常从箱底翻出一件宝贝传给小辈：这是爷爷的爷爷传给我的，你可要好好珍存。

真不好意思，我的家族里没有这样的一个老人。

据说我睁开眼所见的第一人是我奶奶，童年时期和奶奶相处的日子长之又长。她总对别人谈我小时候多么黏她，这里说那里说，说到连我都信了。其实她是瘦小严厉难以亲近的。光着膀子的夏天，她会因我玩得误了饭点在我背上狠狠地来一巴掌；她对我晚睡晚起的作息时间深恶痛绝，大加训斥；我上了大学后，学农出身的她会对我的专业课指指点点。

我是通过比对看出我姥姥的好来。

其实老年人那种和蔼的招人喜欢的形象，我姥姥符合百分之八十。她是胖胖的、圆圆的，这把年纪的胖老人和那些没到青春期的小胖子一样惹人怜惜。她的满头华发上没有银簪，时扎时不扎，就叫它们垂着乱着。她有一把蒲扇凋零得只剩骨架，夏天的傍晚她会在乱风和恼人的蝉叫中和另外一些老人躲在柳树底下搓麻。她是没脾气的，也或许是没有工作没有退休金更没有什么传家宝叫她底气不那么足，我不止一次见她与生活在同一个家里面的舅妈说话低声下气。诚然，她的一双胖手不甚灵巧，熬不出糊糊烙不出饼，她最拿手的是做金包银。何谓金包银？就是馒头片糊着鸡蛋清煎，她有本事叫熟透的鸡蛋上还带着那股子腥味——还是舅妈不在家的时候她偷偷做给我吃。

我按捺不住，攀上船头，带着我的单反，借助那些男人的肩膀和脖子。我想把船头和越来越显出轮廓的海岛一齐放进我的镜头。

不知从什么时候开始，我养成摄影的习惯。从我得到这部单反起，或者更早，我还用傻瓜相机拍拍照照的时候。

有一个流传甚广的说法，简而言之是人灵魂的重量为有限的二十一克，每次拍照灵魂就缺一点。想这样的说法似乎没什么道理，那些大明星成天被这拍那拍，没见几个短命。

这个说法可不敢透给我姥姥半个字，她是无比忠诚的鬼神论者，上一辈的思想传到她这儿非但没消亡反而被愈发发扬光大。且我姥姥不知被谁灌输了“鬼神教育要从娃娃抓起”的思想，自我乳牙刚冒头便喋喋不休地向我讲述怪力乱神的魔怪故事。

我说过，我是随我奶奶长大的，鲜少去我姥姥家。若去，我姥姥必定央我晚上同她睡。这件事上她坚持不懈，即使母亲以“我睡觉不实，她照顾不周”为由反对她也不曾动摇。想来她是想霸占更多与我在一起的时间，哪怕是在睡眠中。

我姥姥有一台小收音机，黑匣子块。她患有严重的神经衰弱，安眠药压不住，治来治去反而治得头疼。失眠，索性就叫它失。黑匣子收音机一开开一夜。她把调频固定在一档午夜谈话类栏目，当家的是个声音沙哑地叫人难以忍受的男主持。大半夜不知从哪冒出来那么多姐姐心怀那么多伤心事，倾诉到一半就抽抽噎噎说不成句。男主持的暴脾气便派上用场，劈头盖脸一通狠劈，姐姐们全成撒气的皮球，嘤嘤哭得没力气，只听不还嘴。

我姥姥听不惯，啧啧咂嘴，不知对男主持还是姐姐们不满，“现在这人呐……”她虽然抱怨却依旧听得津津有味。

睡意来袭，我的上下眼皮粘在一起，关键是我对收音机里的世界没有丝毫兴趣。连我自己都听见自己的鼾声的时候，姥姥像是怕孤单一样拍醒我:我给你讲个故事吧……

我姥姥大几十年丰富的人生阅历便从故事里浮现出来,什么从坟堆里踢出的袁大头银元呐,隔壁蹦跳着行走的女人呐;村头河里泡浮肿的猫呐。她是有叙述故事的天赋的,辅以种种手势,她能绘声绘色把故事讲得上天入地。

我颤栗地睡意全无,神鬼的种子就在那时扎根在我心底。人就是这样,越害怕越想听,越听则越害怕,我央她一个一个娓娓道来。我姥姥讲得疲了,打着男人式的呼儿兀自睡着。我细细咀嚼着故事的细枝末节,大睁着眼睛直到男主持的训斥以及姐姐们的哭哭啼啼结束,直到尾随的老掉牙的流行歌曲也结束,收音机里发出滋滋空响——那时候天上的云都能被看出形儿来了。

这样的姥姥却口口声声宣称不信鬼神。可她的行为又叫她的宣称立不住脚。

我姥姥的卧室里挂着一张黑白照,俩小人臂挽臂站在天安门广场。我当然能辨出那个胖胖圆圆的小脚女人是我姥姥,可她旁边穿中山装的男人——人人都告诉我那是我姥爷——我没见过他,他罹患糖尿病走的时候我还不知在哪儿。

我当然能瞧见我姥姥对他的想念。过春节时她就把我姥爷被裱起来的大头黑白照置在饭厅。照片前的贡品比饭菜丰盛,她不准我们动,谁动打谁手。一家人吃吃喝喝、玩玩闹闹,结束以后她也不急着要人收拾满桌狼藉。

我姥姥需要时间去拾掇自己,抹净嘴角食物的残渣,梳理妥帖满头灰白发,在脑后挽一个小的髻。她以我们一整年都难得一见的利落形象与我姥爷相会,委实如一个初次相亲的少女。

她擎一柄马扎，落座在我姥爷的相片旁边。她絮絮叨叨什么都对他说，好似久别重逢的恋人憋着要把一肚子话都倒出来。她说“这一年你在那边好不？我过得还不错……”她说“你的腿现在还疼不，血糖还高不？”她甚至问“这顿饭好吃不好吃？”

外人不知，还以为我姥爷就在饭厅。当我姥姥抹着眼泪走进卧室的时候，母亲询问她是否午睡，她说你爹刚走，我睡不实。

瞧，我姥爷还真来过！

正月初三，我姥姥去给我姥爷烧纸。家人也央求同去，被她一口回绝。她说我上午去，你们下午再去。她只带了我。

我姥姥的话前后不一。她给家人说去姥爷的墓前烧，可是带着我在马路牙子边就把纸烧光了。我问她烧纸干嘛。我姥姥说烧了纸你姥爷在那边才有钱花。我又问她咋不到姥爷的墓前烧。我姥姥说见了他我怕我哭。

可火焰从纸堆里蹿出来，浓烟扑向她的脸。我姥姥用木棍搅着纸张，眼泪还是掉了下来。

海雾散的净，海平面一览无余。船慢下来，绕着海岛打转转。海岛触手可及，码头一蹬腿就能够着，可船就是不靠岸。

有男人大喊：“咋不登岛！”

渔民在船舱里闷声闷气地回答：“退潮了，水太浅，怕船触礁不敢朝前开。”

我从制高点的船头爬下来，怕倘船真触礁，我被第一个颠下去，做了大鱼小鱼的食儿。方才船速飞快，海风猛烈，觉不出阳光的力量。猛一慢下来，阳光暴晒得脊背发痒。

男人们被晒得汗流浃背，女人们打着伞，却还在小声抱怨，语气咄咄逼人。我忽然想到若我姥姥坐在这些女人中间,必定是擎着伞的。

阳天打伞,这是我姥姥和其他老人最不同的地方。其实她很爱美,七十多岁还是觉得美重要。她不知该如何打扮,只知道俗话“一白遮百丑”,所以尽量不叫自己晒黑。

我和几个表兄弟姐妹都在我姥姥的伞下待过,想必母亲那一辈也曾把这当作归属。我们都长大了,我姥姥的伞下便空出来。

后来我姥姥越长越胖,她身边留给我们的位置被挤占得愈来愈小,小到只容一只小动物跻身。所以我姥姥养了一只小狗,小狗在她的伞下,画面一下子就和谐了。

小狗是串子,生得不好看,浑身上下被硬得扎手的黑短毛覆盖。仿若怕惊,除了姥姥之外不准别人摸,别人一摸就浑身发抖,似乎憋着发飙咬人。是一只神经质的狗。

它是我姥姥从她的麻友那要的。若我没记错,我姥姥其实更中意非生命的东西。比起小狗,一对纯度不高的耳环更能引起她的兴趣。我姥姥说,要是不把它抱回来,它肯定早被狗肉贩子买去,不知被谁家做宴的时候端上桌。

我觉得这也不能成为我姥姥养它的理由。若我姥姥真这般有爱心,社会动员向灾区捐款的时候没见她掏过一分一厘。我问我姥姥大家都捐您为嘛不捐。我姥姥说我的钱还是你妈、你姨、你舅舅捐给我的呢,我哪有钱捐给别人。随后她讨好似地对我说,小儿,你捐嘛,就当替我捐了。

没什么钱的我姥姥养狗得不到舅舅家的支持,她原想去菜场给小狗讨点肉皮,肉皮也比想象中的贵。她的狗改吃了素。旁人瞧见吃惊地说您的狗和别的狗不一样呢!我姥姥会骄傲地回答:全是我训练出来的。

这样省钱的小狗养到六个月忽然走失了。那天刚入秋，秋老虎盛行。烈日当头，我问姥姥打伞不？姥姥说打屁伞！我和我姥姥一同出去找，连下水沟也没放过，可狗的粪便都没瞧见。汗下来了，风吹柳条斜，风就吹进我被汗水浸透的衬衫里。

我姥姥怅然若失地说：回吧，八成被狗肉贩子掳啦。

我和我姥姥又回到家中。许久我姥姥都没说话，我安慰她想哭就哭吧。她瞪着眼睛看我：哭什么哭，你大姨得脑病走了我都没哭，我养它养得早烦了。我点点头。过了一会儿她小声说，不过叫它多活了六个月，我给自己积德啦。

我姥姥说完就去厨房给我俩做金包银吃，找了一下午我们都饿了。那可归为她的烹饪史上最失败的一次。我姥姥出主意，要不祭一下它？一盘子金包银被端到院当口，我敢说这是狗这辈子吃得最好的一顿。

后来我姥姥养过不少东西，小鸟、小猫、金丝熊、兰花，动物们无一例外短命，兰花的根也被她施肥时不小心斩断，枯得只剩茎。

再后来我问我姥姥，你还想养什么，我买给你。

我姥姥疲惫地拢拢头发，意思是罢了，罢了。

即使经验丰富的渔民也拿过浅的海水毫无办法，船风尘仆仆地绕着海岛一圈又一圈，最终不得不开动返程的马达。

渔民歉意地向我们作揖，说这次他考虑不周，中午补偿大家，请大家吃鲜海货。

船尾勾的渔网在海里兜了一圈，据说兜住不少海货。网被收了上来，水淋淋湿乎乎堆了一仓。能看清里面的海蛎子、螃蟹、虾、鱼，一层堆一层，满得叫人喘不上气。

网一收，满船的小小孩子们拍手尖叫，我和那些挺着大肚子的男人又玩不到一起。我一个男孩子，坐进了女人堆里。

我想说说我。

凶猛的高三，我在学校对面租了房子。我姥姥请愿来照顾我。我因为成绩患得患失，也因为数学分数不及别人一半半夜哭湿被子。几经姥姥美誉的金包银叫我吃坏了肚子，无名火促使我将她训斥一通。我训斥她的时候她便只听着，似乎还笑着。后来我知鸡蛋放得久，我姥姥嫌扔了可惜。其实她也把肚子吃坏了。

真是该死，我怎么只记得这茬，几乎忘掉了不怎么会做饭的姥姥为我学习焖饼、炸油条，为了包鲅鱼馅饺子扎得手指上都是洞。

我考上大学以后我姥姥赋闲了一段时间。但是她不适应这样的清闲。每天早上六点她会准时给我爸、我妈还有我打电话，迷迷瞪瞪接起来话筒里只传来一句话：起床啦！

起床啦起床啦起床啦，也不知过了多久清晨六点我姥姥的电话才不会打进来，我也不再需要听她这一句催促和舍友们无尽的抱怨。

这个夏天我姥姥病了。和麻友们搓麻太久，把脊椎骨坐弯了。母亲为捎药回家，带着我。我姥姥躺在床上不能下地，一见我便把我拉到床边。我姥姥问小儿你多久没回来啦。我说一年了吧。

她就不再说话，拉着我的手，嘴一抿，眼泪就掉下来了。

我姥姥安静地就拉着我的手，也不言语，一直哭。中途我去上厕所，遇到母亲，我问母亲我姥姥怎么变成这样了。

母亲叹气："你姥姥老啦！"

返程逆风，女人们收起了伞。我眨巴着眼睛，我姥姥忽然坐到了我对面。她擎着我姥爷送她的绸伞，绸伞油光可鉴。海水溅到船里，径直透过她。

我姥姥甚至带着一副老式墨镜，我见过它，它出现在旧相片里，架在我姥爷的鼻梁上。

我急急地说："姥姥您不能撑伞，风太大了。"

我姥姥说："不打伞我就晒黑了。"

我说："风会把你吹跑的。"

我姥姥笑了："吹到哪？吹到你姥爷身边？"

话音刚落我姥姥果真飘了起来，撑着伞，她飘得摇摇晃晃。在半空中她对我招了招手，花伞变成了一朵小花。

我姥姥被大风吹着，飘向我们的反方向，飘向海岛。终于她不见了踪影。

刚才喊"快看鲨鱼"的男人归了来，坐在我旁边。我问我旁边撑伞的女人："妈，我姥姥见过海吗？"

她说："没见过，年轻的时候想见，因为照顾我们没时间。后来你姥爷走了，她身体也不好了。"

我又问旁边的男人："爸，明年再来海边，带着我姥姥不？"

我爸越过我看了看我妈："带！"

我们一家三口凝望着大海，泡沫翻滚，声响撼天。

我不会告诉他们，我在碧蓝碧蓝的波涛中，凝望到一双皱纹深深，苍老却温柔的眼睛。

这算我和我姥姥的秘密。

我还拥有心灵的窗

◎ 胡 莹

周瑞雪

大片大片的雪花洋洋洒洒地飘落着,我推开窗,任由寒冷的空气穿越我的身体挤满我的整个房间,只有这样我才感觉到自己的存在,我慢慢地闭上双眼任由雪花与我亲密接触,我多希望自己就是那圣洁美丽的天使,拥有洁白的双翼,可以自由翱翔。

妈妈说我是在雪天出生的,而且那是一场重要的雪,老人们都说,那叫“瑞雪兆丰年”。虽然我早已经厌倦了东奔西走,但这次例外,因为我喜欢这样的冬天,喜欢这样有雪的冬天,空气凝固却通透着,我望着窗外,突然发现对面楼上也有一个和我同样的家伙,他也开着窗,任由屋子里暖暖的空气漂流出去,这个小区楼与楼之间的距离太近了,以至于我们彼此完全可以看清楚对方的脸,那是一张满载青春又纯洁干净的脸,在我的眼神与他碰撞的一瞬间,他很淡淡地笑,我也笑了,第一次,在搬进新家后发自内心地笑了。

妈妈推门进来，走到我身边为我关上窗子，披上一条布满琐碎紫花的毛毯在我身上，还送来了一杯橙汁儿，看着她脸上那暖暖的微笑，我知道，她内心有着淡淡的忧伤，妈妈的嘴角动了动说："瑞雪，小心别着凉了。"我从6岁起就总是努力地看着妈妈说的每一句话。我笑着点点头，转过身时，发现对面楼里的他正在插着耳机，嘴里不知道在念叨着什么，突然，一种莫名的亲切感油然而生。

许子安

新学期开学的第一天我就见到了那张熟悉而又陌生的脸，老师介绍说她是新来的同学，叫周瑞雪。名字起的真好，就像我每天中午推开窗看到她的那种感觉，像冬天里的天使一样，纯净甜美。没想到寒假里搬来的新邻居今天又成了我的新同桌。

她红着脸坐到我身边，也许她是因为大家那惊讶又炙热的眼神吧。

老师介绍说，周瑞雪同学是个聋哑人，但她一直都在和正常的孩子一样上着普通的学校。父母都是优秀的工程师，她随父母辗转于各大城市，这次，也不知道会在这里待上多久。我望着她，我知道她一定听不到老师在说什么，但她一定能知道老师讲话的内容。

生命怎么可以这么不公平，谁能想到，这样一个可爱的女孩子怎么可以听不到世界的声音，怎么可以不能表达自己的思想。作为班长我下定决心，一定要帮助她，不能让她在这个新的集体中再感到孤单。

周瑞雪

他真的是一个热心肠的人，他总是把课堂笔记整理的那么细致，甚至老师说的话他都能记录下来，因为他知道，我在这个陌生的环境不能完全掌握老师讲课的内容。

春天来了,乍暖还寒。每天放学他都会在校门口等我,让我坐他的单车,他喜欢用手势和我对话,其实,我真的知道他在说什么。但我从来不去表达,我只是在默默接受。那天下大雨,我穿着粉色的泡泡裙,一个人孤单单地站在校门口等公车,我以为他早坐上他爸爸开来的车走了,就在我要穿越马路时,一只暖暖的手拉住了我的胳膊,回头撞到他温暖的笑,他不说话,丢给我一把伞要转身离去,我对着他的背影说:“许子安,谢谢你!”

他愣了,我知道,那是他第一次听到我发出奇怪的声音,我可以说话的,只是那声音混沌模糊,但我还是说了,我想我是真的想表达我的谢意,那样的感谢藏在心底很久很久,终于在一个雨天,在一把粉红色的伞下随着雨水迸发。

许子安

真不敢相信她是可以发出声音的,我心里有些震撼,那声音虽然不动听,却让我心里一颤。爸爸那天看到我给她送伞,不安地问:“就是她天天一起和你回家吗?”原来父母早有察觉,爸爸一定是妈妈派出的侦探。要不然,一向公事繁忙的父亲怎么会有时间接我放学呢?

我知道同学们都在谣传我喜欢上了聋哑美女,老师也找我谈过话了,其实,我只是不想让一颗孤独的心就这样觉得被世界遗忘。她告诉了我她的博客,在那里,我了解了她的世界。我真想对老师和所有人说,有这样一个女孩子,她本来可以和我们一样唱歌跳舞,可以听世界上最美妙的声音,是6岁那年的一场高烧让她失去了听觉,随后又渐渐丧失了语言的能力,是内心的一种坚强,让她每天坚持练习,一个聋哑人可以说话不知道要付出多少艰辛，可她在随着父母辗转于各城市之间时，她丢失的是朋友，留下的是孤独。寂寞时，网络是她最好的伙伴。

我告诉了父母一切关于她的情况，母亲竟然流泪，她说，儿子，其实妈妈一直都相信你，去吧，我想友情是会让青春绽放异彩的。

周瑞雪

从懂事起，我的心早已失去了温度，我的世界没有喜怒哀乐，我抵触所有人的眼神和帮助，除了班里的许子安，我几乎没有和别的同学有过接触。那天语文课，老师让同学们即兴到讲台上描述一下自己的梦想，好多同学都上去了，我一直低头，许子安碰了碰我，递给我一张纸条：去说吧，你可以的。

在他的鼓励下我走上讲台，可想而知同学们惊讶的程度。我红着脸，抬起头，我努力着说出自己的梦想：我想听听夜莺的歌唱，我想听听上课的铃声，我想听听父母在我不听话时是怎样骂我，我想听听自己说话的声音……

同学们一定是在热烈的鼓掌，虽然我听不到，但我看到，他们的手掌心红了，他们哭了，我也哭了，但大家都是笑着流泪的。从那天起，大家都试着跟我交流，他们知道，我是可以看着口型和他们对话的。每次我开心地和同学们说笑，我都会向许子安投去感激的目光。也许，我真的开始有一点点喜欢，可在我的青春岁月里，情窦初开却无法用言语表达。也许，那只是一种友情加上感激，因为是他让我懂得，原来，我也可以和正常人一样拥有那么多美好的时光。

许子安

我从来都不想伤害她本来就脆弱的心灵。我送给她两个青涩的苹果是想告诉她,没有成熟的果实是没有甜美的味道的。我知道,她把想说的都留在了心里。她把我雨天送她的雨伞在那天放学的校门口还给了我,她又说了声谢谢,带着那浅浅又甜甜的微笑。

那天我们一路走回家,她说想请我去看电影,就当谢谢我在雨天借给她雨伞。她拍拍我的肩膀,竟然和我嬉闹起来,她说让我一定要考上重点大学,然后要找个好的工作,然后可以每天请她吃必胜客。我说她已经变得像个美丽的"肥天使",忽闪着洁白的翅膀到处勒索。她笑,前仰后合,依然灿烂却没有声音。我想,她是可以那样开朗的开玩笑的,和所有人一样,随便的说话,随便的发表那天马行空的想法。

我不知道那天是最后一次看见她,要不然,我一定会跟她去看电影,然后请她吃必胜客。

周瑞雪

我又转学了,我悄无声息地,不留痕迹地离开了那个飘雪的城市,没有告诉许子安,没有告诉可爱的同学们,只是让父母悄悄办好了转学手续,连班主任都是在我离开的那天早上知道的。我害怕他们温暖的眼神,特别是许子安的。

走之前,我给许子安留了一份礼物,是通过邮局邮寄的,我想我离开的第二天,他就可以收到。火车开动了,天空又下起了那飘飘洒洒的雪花,只是,今天的,没有我来到这个城市时那样寒冷。小小的雪花,一片一片,悄无声息地在我眼前落下,窗户上出现了美丽的窗花,我似乎看到同学们那一张张美丽的笑脸，他们好像在向我招手呢。

妈妈揽我入怀，轻轻擦掉我眼角的泪水，她知道，在我无声的青春里，我第一次为了友谊而哭泣，第一次为了离别而想念。

许子安

老师说她转学了，去了南方一座城市，却没有留下具体的地址和联系方式。我望着身边的空椅子，有点茫然，有点孤单，我想，她一定会跟我们联系的，因为这里有让她喜欢的冬天、雨天，还有一群愿意和她说话的青春使者。

周瑞雪走后的第二天，我收到一个包裹，打开是一个MP3，没有邮寄人的姓名，只有一张纸条，上面写着：送给带给我信心和快乐的人，我想，我会用心灵的窗去感受世界的美好。我戴上耳机，里面是一个聋哑人唱的一首梁静茹的《暖暖》，那熟悉的声音重回耳边，我知道，这是周瑞雪的声音。

你听过一个聋哑人唱歌吗？我听过，而且很用心地听过……

雨幕深处的呼喊

◎ 李丹崖

倾盆暴雨开始摧残整个小镇的时候，已经是深夜 11 点了，高林顾不上穿衣服，光着膀子就从家里跑出来，骑着一辆摩托车赶往镇东头的窑厂，他心急火燎，因为，窑厂附近的深坑里还住着近 50 名工人。已经劳累了一整天，他们肯定睡得很死，若是没有人通知他们，说不定会有危险。想到这里，高林又加大了油门。

说也奇怪，小镇已经整整半年都没有落一滴雨了，夜里，不知道从哪里刮来的一阵腥风，那雨，瞬间如决堤的洪水一样倾泻下来，浇在人身上，直打哆嗦，更何况高林是光着膀子出来的，凶猛的大雨直浇到高林的臂膀上，冷得高林的牙齿都咬得咯吱作响。

往前走，穿过一片黑黢黢的小树林，再越过白水桥，就到窑厂了。高林恨不得一下子飞到窑厂去，他生怕那里的工人有一点点闪失。就在高林急匆匆地驶到小树林中央的时候，路边的草丛里传来了一阵呻吟声。

高林慌忙来了个急刹车，下车一看，原来是一位年逾花甲的老大妈，坐在草丛里哭泣。老大妈说，她是昨天挨黑的时候从闺女家里回来的，哪知道走到这片小树林竟然迷了路，在小树林里转悠了近两三个时辰也没有走出去，正想着如何走出小树林的时候，天竟然下起了暴雨，慌乱中，又扭伤了脚，所以无助地坐在草丛林哭泣。

高林问了老大妈家的住址，并把她背上摩托车，一溜烟就把老大妈送到了家。老大妈激动得泪雨滂沱，非要留高林背背雨再走，高林哪能多留一分钟，他心里装着50名厂里的工人呀！

老大妈看到留不住高林，慌忙从柜子里取出了一件雨衣，说，娃，这雨急得很，穿上它吧，别着凉了。一番推让之后，老大妈盛情难却，高林只得穿上雨衣，然后消失在雨幕里。

由于耽误了近半小时的时间，高林又加快了赶路的速度。他从老大妈家里出来，仅用了10分钟就穿过了小树林，前面就是白水桥，一听到白水桥下的水声，高林就怕了，这么大的水声，水势一定不小，若是住在深坑里的工人没有察觉的话，非得出大事不可。

这样想着，高林就上了桥。哪知道，刚刚走到桥中央的时候，只听见咔嚓一声，桥从中间断开了，高林连人带车瞬间跌下桥去。高林暗叫一声亲娘，若是这样掉下去，从桥到河面，近15米高的距离，水势又如此之大，不冲出十里开外才怪呢。

就在高林做好最坏打算的时候，就听到哧啦一声，高林所穿的雨衣的帽子恰巧被断裂的钢筋挂住了，半截桥身旋即落入河心，而高林则被悬在半截没有坍塌的桥墩上，生命岌岌可危。

高林深知，如不尽快想到逃生办法，自己75公斤的体重，那件雨衣肯定撑不了多久。高林用脚钩住了身后已经剥落了水泥的桥墩，又伸手抓住了桥墩上的半截钢筋，费了九牛二虎之力才爬上来。

暴雨丝毫没有停下的意思，相反，还来得更加凶猛。雨衣里的高林却出了一身冷汗。白水桥是连接镇西和镇东的交通要道，夜间过往车辆也甚密，若是有不知情的司机鲁莽地照旧开过去，伤亡肯定会直线上升，想到这里，高林暗暗下了决心，反正也过不到对岸通知自己的工人了，干脆留下来把守在桥上，给来往的车辆一个提醒。

这时候，突然从河西的公路上开过来一辆大货车，车速非常快，高林慌忙脱下雨衣，站在路中央，一边叫喊，一边挥动手中的雨衣，希望车辆停下来，货车嘎吱一下停了下来，司机开口就骂，你神经病是不？赶紧让开，别在这里拦路！

看到货车司机出言不逊，高林并没有恼火，而是喊破了喉咙说，桥塌了，千万别往前走了，要出人命的。

货车司机慌忙下车查看，一看不当紧，差点吓得魂飞魄散，桥中央果真坍塌了近两个桥墩的距离。货车司机慌忙磕头作揖地道歉，并千恩万谢。高林说，你也别谢我了，我们联手做一件事情吧，我们过不到河对岸去，万一那边来了车，肯定还会有危险，你赶紧开亮车灯，鸣笛示警，以防对面的车辆开过来。货车司机连忙点头附和，仅仅是闪灯、鸣笛，高林还不放心，还扯破了喉咙向对岸呼喊，桥塌了，千万别过来！桥塌了，千万别过来！

此时，已经是凌晨两点钟，高林直在桥西头喊了整整5个小时，高林的喊声惊动了附近的居民，许多人赶过来，加入了高林的队伍当中，那一夜，“桥塌了，千万别过来”的呼喊声穿过雨幕，在白水河两边，梭子一样穿行，那声音，足足比天上的惊雷声还要高出数倍。

天明以后，警察和消防官兵赶到了现场，这时候，高林等人的嗓子已经喊哑了，说起话来，声音还没有蚊虫高。窑厂那边也逐渐传来了消息，由于发现及时，工人们及时从临时住宿的深坑里转移了出来，没有一人伤亡。

由于高林的努力，白水桥的坍塌也没有造成一人死难。高林的事迹惊动了媒体，当记者把话筒对准高林时，高林只说了一句话：我们所有人，都应该感谢那晚小树林里遇见的那位老大妈，她是路边假装迷路的菩萨，不光给了我一件救命雨衣，这雨衣还救了企图在那晚经过白水桥的所有人！

狗的哲学

◎ 马　德

小时候,家里养了一头猪和一条狗。每当给猪喂食的时候,母亲就让我看着狗。

怕它偷吃。

狗低眉顺眼地卧在一旁,一副与世无争的表情。但只要一个不注意,它就溜过去,迅捷地在猪食槽里舔上几口。等我回身过来,它又卧在一边,嘴唇上的食儿还没干呢,却装出若无其事的样子。

有一次,它又偷食,被母亲拦腰踹了一脚。骂曰:你个狗东西,猪的食你也敢抢!是的,那个年代,猪的地位是不可撼动的。一年到头,把一头猪养大了养肥了,然后卖掉,便是家庭的全部收入。

狗似乎对此没有异议。骂也好,打也好,待在家里,从不要狗性子,或者玩什么离家出走。每次猪吃饱之后,一扭头,懒洋洋地走掉。石槽的边缘上,还残留少许米粒和糠末儿,母亲一瓢水倒进去,便是狗的食物。狗埋头舔食,把一槽泔水舔得音乐感十足,混个水饱后,一扭头也走掉。

狗是没有怨言的，依旧看家守院。有一年，有贼人到邻居家偷牛。狗觉得不管不行，叫声尖锐，咬个不休。三邻五舍的人都被惊醒了，扛着铁锹，举着镰刀奔出来。贼人走了空，临逃的时候，打折了狗的一条腿。狗拖着一条伤腿无精打采地过了一段日子。父亲每天往街里去瞭一回，看有没有收狗的，有的话，好把它赶紧卖掉。

狗赶在屠户来之前，竟然不声不响地好了。看来，要保住自己的一条狗命，靠别人是行不通的。这个世界，主人们或主子们都是实用主义者，他满心想着自己的时候，是不会顾惜一条狗命的。

母亲每次从地里干活回来，狗总要欢天喜地地迎上去。猪呢，睡在那里，连眼皮都不抬。母亲把猪草丢给它，它先将鼻子凑过去，闻一闻，觉得不错，才懒洋洋站起来。我有点看不惯猪的德性，有一次它刚要站起来，我一脚把它踹躺下了。它就真的躺下了，连猪草也懒得吃了。我骂它，你真是头猪啊！大人们的看法总是跟小孩子有区别的，母亲就觉得猪这个样子好得不得了。

大人们的眼光真是有问题。

有时候，狗去偷吃猪食，我就假装看不见，睁一只眼闭一只眼。只有看到母亲出来，我才高声咳嗽一声。狗能听懂我的暗示，它赶紧撤身，卧在一边。有一回，母亲出来得突然，我来不及咳嗽，结果，我发现，狗居然也能全身而退。原来，狗根本无视我的咳嗽，它早已学会了辨别母亲的脚步。

狗活久了，都会有一点老谋深算。

有一年冬天，家里跑来了一条小狗。大狗在它身上嗅了嗅，没有咬它——算是收留了它。小家伙来了之后，不知道天高地厚，有时候母亲连踹几脚，即便痛得叫声尖利，但依然埋头跟猪抢食，而且不屈不挠。

大狗卧在一边，眼皮微抬，有点不屑地看着它折腾。自从小狗来了之后，大狗有意让着它。它抢食的时候，大狗就卧在一边看。

狗大了，总会有一点风范的。

小狗最终被赶走了。原因是八个字：不顾廉耻，祸猪殃家。后来，整个院子又成了大狗的天下。它这儿转转，那儿转转，把个院门看得紧紧的。院子里边，有个高高的草垛，有时候，它跳到草垛上，凝神端视着整个村庄。

这条狗一直在我家活了好多年。从小黑活到了大黑，从大黑活到了老黑，没等到活到黑老，它就死了。是老死的。它在家乡山岭间找了一个隐秘的地方，安静地死去了，没给家和村庄带来一丝惊扰。

父亲平时很少去评价什么。它死后，父亲说了这样一句话：嗯，这是条好狗。

一家十个兵

◎ 周　锐

有一个人，他觉得打仗最好玩，很想当个带兵打仗的司令官。可这时候已经没有什么仗好打了，原来的司令官只好回家去玩电子游艺机。这个人就把司令的衣服穿起来，自己也觉得很神气。

“可是，”他觉得有一点不满足，“没人当我的小兵。”

他的妻子的肚子大起来了。他就说：“等孩子生出来，让他当我的兵。”

妻子说：“不知道这孩子愿意不愿意呢。”

丈夫说：“可以试一试。”

他就喊起口令：

一二一，

一二一，

一二一二一二一！

妻子就觉得肚子里的孩子两只脚一踢一踢的，踢得她的肚子像敲鼓：

冬冬冬，

冬冬冬，

冬冬冬冬冬冬冬!

“很好,”丈夫说,“很好的一个兵。”

这孩子生出来以后,习惯了听口令走路。要是爸爸妈妈不喊:“一二一,”他会整天一动都不动,真是一个很好的步兵。

妈妈的肚子又大起来了。不知怎么搞的,她老是要喝水。

爸爸说:“咱们的老二肯定是个水兵。”

水兵以后是高射炮兵。因为老三在妈妈肚子里时,使妈妈不停地打喷嚏,离得好远的苍蝇、蚊子都被这喷嚏击落。

接下来,爸爸发现妈妈的肚子里头有只眼睛在朝外张望,爸爸说:“看来老四是侦察兵。”

生老五以前,妈妈的肚子经常会像气球一样胀得老大老大,妈妈说:“看来老五会吹气,可以当号兵。”

早晨,妈妈就拿个小喇叭按在肚脐眼上。小喇叭吹响了:“嘀嘀哒!嘀嘀哒!”妈妈喊着:“老五吹号了,大家快起床吧!”爸爸和步兵、水兵、高射炮兵,侦察兵就赶紧起床穿衣服。

后来又生了老六,喜欢挖土掏洞,就让他当工兵。

老七当了骑兵,司令爸爸对他说:“你人小,先骑猫。等长大一点,再骑羊,骑猪,骑驴子。最后给你骑马。”

老八和老九是双胞胎,就上他们一个当了航空兵,一个当了伞兵。

老十是小胖墩,走起路来横冲直撞,就让他当了坦克兵。

步兵老大,水兵老二,高射炮兵老三,侦察兵老四,号兵老五,工兵老六,骑兵老七,航空兵老八,伞兵老九,坦克兵老十——一家十个兵,能不能分得清?

有一天,侦察兵来对兄弟们说:“我侦察到一个情况,爸爸妈妈吵架了，吵得很凶。妈妈说爸爸是‘傻瓜蛋’，爸爸说妈妈是‘神经病’。

十个兵就去对爸爸妈妈说：“爸爸也不是傻瓜蛋，妈妈也不是神经病，你们不要再骂来骂去了。”

爸爸说：“骂来骂去太不好听。爸爸妈妈想了个办法，再不用吵架了。”

十个兵说：“好啊，好啊，想了个什么办法？”

“离婚。”妈妈把她和爸爸的照片撕成两半，“就像这样，爸爸妈妈分开住，就再不会吵架了。”

爸爸妈妈离婚了。

爸爸对妈妈说：“东西分一半给你，钱分一半给你，兵也分一半给你。”

这样，爸爸分到五个兵：号兵、工兵、水兵、航空兵、伞兵。

妈妈也分到五个兵：步兵、侦察兵、骑兵、高射炮兵、坦克兵。

爸爸带着五个兵搬出去住。

妈妈命令侦察兵：“派你去侦察爸爸的情况。他说些什么？想干什么？弄清楚后，立刻向我报告。”

“是！”

再说爸爸那儿。

爸爸说：“想来想去，我觉得这口气没出够。”他叫号兵，“今天晚上，你到妈妈窗户外面去吹号。”

号兵问：“吹什么曲子？”

爸爸说：“乱七八糟吹一通，闹得她睡不好觉！”

爸爸和号兵说的话被侦察兵听见了。

侦察兵回去报告妈妈。

妈妈对骑兵说：“现在你开始骑驴子了吧？我想，驴子叫一定比吹喇叭更难听。”

爸爸派出的号兵刚刚出门，妈妈派出的骑兵已经来到。

“噢伊！噢伊！”驴子叫了。

爸爸和他的兵堵起耳朵：“真受不了！”

爸爸没捞到便宜，只好再打主意。

“你，工兵，挖一条河，让水兵把军舰开到你妈妈那儿。军舰上有烟囱，用烟囱里的烟，把妈妈晾出来的衣服全部熏黑！”

这样，工兵开着掘土机，从屋里挖出了一条河。水兵把军舰开出了门。

可是，这条河没法朝前挖了，妈妈派坦克兵挡住了去路。

妈妈说：“该我们反攻了。步兵，瞄准爸爸的电视天线，开火！”

“啪！”

天线被打断，爸爸要看足球赛看不成了。

“太不像话啦！航空兵，伞兵，给我装一飞机垃圾，来个垃圾大轰炸！”

伞兵对航空兵说：“这样打来打去多没意思。咱们不装垃圾吧。”

航空兵把伞兵送到空中，让他去采天上的云，一朵，两朵，三朵……

妈妈看见飞机飞来了。

“你爸爸派飞机来轰炸了。”她提醒高射炮兵，“快发射鸡蛋，别让飞机靠近！”

高射炮瞄准飞机——

啪啦！啪啦！啪啦！

一连串的鸡蛋在空中开花。

航空兵和伞兵大叫：“别误会，别误会！”

伞兵先跳伞降落，告诉大家：“飞机是送礼物来的。”

大家从飞机里拿到各种用云彩捏的小礼物，有云彩狗、云彩鱼、云彩枕头、云彩鞋……

大家跟着云彩礼物飘了起来，嘻嘻哈哈好快乐。

送给妈妈的是一条云彩披肩。妈妈也飘了起来。

爸爸他们也分到了礼物。爸爸的礼物是一个挺大的云彩烟斗。

爸爸妈妈和他们的兵飘向空中，越飘越高……

“不行，不行！”爸爸妈妈害怕起来，向飞机大喊，“我们要下去了，快来帮帮我们！”

飞机飞过来。伞兵喊话：“有办法的，你们必须聚在一起。”

飞机飞来飞去，这儿推一下，那儿顶一下，把大家凑拢到一起。

这样，小块的云拼成了大块的云，就下起雨来了。

云上面站着爸爸妈妈和他们的兵，云下面下着雨，大家觉得很好玩。

由于下雨，云变小了，大家不得不越挤越紧。妈妈爸爸紧紧挤在一起，都有些不好意思。

最后，云没了，雨没了，彩虹像桥一样搭在天空。

爸爸妈妈带着十个兵回家去了。